मेरा दोस्त HIV पॉजिटिव है

सत्य घटनाओं पर आधारित

राजन चावला

Copyright © Rajan Chawla
All Rights Reserved.

This book has been published with all efforts taken to make the material error-free after the consent of the author. However, the author and the publisher do not assume and hereby disclaim any liability to any party for any loss, damage, or disruption caused by errors or omissions, whether such errors or omissions result from negligence, accident, or any other cause.

While every effort has been made to avoid any mistake or omission, this publication is being sold on the condition and understanding that neither the author nor the publishers or printers would be liable in any manner to any person by reason of any mistake or omission in this publication or for any action taken or omitted to be taken or advice rendered or accepted on the basis of this work. For any defect in printing or binding the publishers will be liable only to replace the defective copy by another copy of this work then available.

क्रम-सूची

भूमिका

कभी कभी आपकी ज़िन्दगी में कुछ ऐसा हो जाता है कि जिससे ज़िन्दगी को देखने का आपका नज़रिया बिलकुल ही बदल जाता है। आप किसी से मिलते है, कुछ पढ़ते है, किसी को सुनते हैं, किसी का अनुसरण करते हैं, या किसी से प्रभावित होते हैं, जिससे आपकी ज़िन्दगी से असली पहचान हो पाती है ।

इस पुस्तक को लिखने का मेरा मुख्य उद्देश्य यह दोहराना है कि जीवन एक साहसिक खेल की तरह है। हमें बस जीतने के उद्देश्य से, इसके हर चरण का सामना करना है जो अलग-अलग चुनौतियों के साथ आता है। इस पुस्तक में एचआईवी से पीड़ित लोगों की व्यक्तिगत कहानियों को प्रेरणादायक रूप में प्रस्तुत करने का प्रयास किया गया है। वास्तविक जीवन के पात्रों की गोपनीयता को बनाए रखने के लिए इस पुस्तक के सभी पात्रों के नाम, संबंधित स्थानों और घटनाओं के साथ बदलाव किये गए हैं। हालाँकि ये सभी कहानियाँ राच्ची घटनाओं पर आधारित हैं, फिर भी लेखक कुछ रोचक घटनाओं को जोड़कर कहानियों को मनोरंजक बनाने की कोशिश करता है। ऐसा इसलिए किया गया है क्योंकि पुराने जमाने की मान्यताओं के साथ जानकारी और जागरूकता के अभाव में, लोगों को एचआईवी होने का डर बना रहता है। इसके अतिरिक्त, बहुत से लोग एचआईवी को एक ऐसी बीमारी के रूप में समझते हैं जो केवल कुछ समूहों और लोगों को ही होती है। इससे एचआईवी संक्रमित लोगों के बारे में नकारात्मक मूल्य निर्णय निर्धारित हो जाते हैं।

एचआईवी से पीड़ित ये लोग अपने जीवन में भेदभाव का सामना करते हैं, सामाजिक स्थिति और भूमिका को खो देते हैं, उनके साथी के साथ रिश्तों के पैटर्न में बदलाव (अंतरंगता) आ जाता है, नौकरी और वित्तीय संसाधनों को खो देते हैं। सबसे बढ़कर उनके परिवार भी उन्हें छोड़ देते हैं।

ये कहानियाँ उन बहादुर लोगों की हैं जिन्होंने हताशा और निराशा की बेड़ियों को तोड़कर पूरी हिम्मत के साथ एचआईवी का सामना किया और आज खुशी-खुशी अपना जीवन व्यतीत कर रहे हैं।

~ राजन चावला

पावती (स्वीकृति)

मैंने चुनौतियों का सामना करने और उनसे लड़ने वाले लोगों की बहुत सारी कहानियाँ पढ़ी हैं। लेकिन उन कहानियों को वास्तविक पात्रों से सुनना और उनसे व्यक्तिगत रूप से मिलना एक रोमांचकारी और प्रेरक अनुभव था। मैं उन सभी लोगों को धन्यवाद देता हूं जिन्होंने मेरे साथ अपने जीवन के रहस्य सांझा किए और मुझे अपनी कहानियों को यहाँ पुस्तक में लिखने और उन्हें प्रकाशित करने की अनुमति दी।

मुझे आशा है कि पाठकों को न केवल इन कहानियों से प्रेरणा मिलेगी बल्कि अपने जीवन की चुनौतियों से लड़ने की आंतरिक शक्ति भी मिलेगी।

~राजन चावला

1

इस समस्या का समाधान नहीं

मेरा फोन बजता है......

'हेलो!'

'हेलो राजन...!'

'हाँ, बताओ राहुल'

'मैं आत्महत्या करने जा रहा हूं'

'क्या!'

'हाँ, मैं अब जीना नहीं चाहता'

'क्या तुम पागल हो गए हो? क्या हुआ!! कोई समस्या हो तो बताओ, हर समस्या का कोई ना कोई समाधान होता है।'

'नहीं, इस समस्या का कोई समाधान नहीं है'

'मेरी बात सुनो, कुछ बेवकूफी मत करो, अपनी माँ के बारे में सोचो। मैं तुम्हारा दोस्त हूं और हम इस मुद्दे पर चर्चा कर सकते हैं और एक साथ समाधान ढूंढ सकते हैं'

भगवान का शुक्र है कि राहुल पास में ही रहता है और उससे फोन पर बात करते हुए मैं उसके घर पहुंच गया। रात का खाना बनाने में व्यस्त उसकी माँ को बिना नमस्ते कहे, मैं तुरंत उसके कमरे में पहुँच गया।

'यह क्या है, राहुल?' क्या तुम पागल हो? तुम ऐसा व्यवहार क्यों कर रहे हैं? क्या हुआ?'

'राजन- मैं पॉज़िटिव हूं'

'क्या!!?? कहाँ से पॉज़िटिव, तुम तो इतना नेगेटिव बात कर रहे हो '

मैं एचआईवी पॉज़िटिव (*HIV Positive*) हूँ '

फ़टी आँखों के साथ 10 सेकंड का पिन ड्रॉप साइलेंस....(*बैक ग्राउंड म्यूज़िक - ल*** लग गए.मपी3*)

'मैंने हमेशा तुम्हें सुरक्षा का उपयोग करने के लिए कहा था, लेकिन तुम ने कब किसी की बात सुनी है... मज़े नहीं आते, फील नहीं आती, अब ले लो मज़े , अब ले लो फील भें******!

तुम्हारे बटुए में कंडोम होने के बावजूद, तुम इसे बाहर नहीं निकालते हो, तुम इतने लापरवाह और गैर-जिम्मेदार कैसे हो सकते हो, राहुल '

राहुल सिर झुका कर अपनी घूमने वाली फेवरेट कुर्सी पर बैठा था।

'क्या तुमने रिपोर्ट की दोबारा जांच की है?', मुझे रिपोर्ट दिखाओ...'

राहुल ने कहा कि उसने दो अलग-अलग निजी प्रयोगशालाओं (फर्जी नामों से) में परीक्षण करवाया और परिणाम समान हैं।

आँखों में आँसू के साथ, उसने मुझसे पूछा 'अब मुझे क्या करना चाहिए? क्या मुझे मर जाना चाहिए?'

'पागल हो क्या, लेकिन मुझे इस HIV के बारे में कोई जानकारी नहीं है, यार !!और मैं बगल की कुर्सी पर अपना माथा पकड़ के बैठ गया।

थोड़ी देर सोचने के बाद -

'ठीक है, एक मिनट रुको, एनजीओ में मेरा एक दोस्त है और वो एचआईवी जागरूकता आदि के लिए काम करता है। मैं उसे फोन करके पूछता हूं कि क्या किया जाना चाहिए और मुझे यकीन है कि इस समस्या का भी समाधान होगा। लेकिन तुम वादा करो कि तुम कोई गलत कदम नहीं उठाओगे जिससे कि तुम्हें और हम सभी को बाद में पछताना पड़े'

'राहुउउउउल्लल्लल्ल, खाना तैयार है बेटा, आओ' राहुल की माँ ने पुकारा।

2

राहुल - द हार्टथ्रोब

अदोनिस (Adonis) जैसी काया के साथ राहुल का व्यक्तित्व चमचमाता है। न केवल उसके पास एक मस्कुलर बॉडी है बल्कि उसके वॉशबोर्ड एब्स देखते ही लड़कियां दीवानी हो जाती हैं। उसके स्कूल और फिर कॉलेज के दोस्त उससे ईर्ष्या करते हैं क्योंकि सभी लड़कियां राहुल की दीवानी हैं और कोई लड़की किसी दूसरे लड़के को मौका नहीं देती। वह शहर के दिल की धड़कन है।

वह पढ़ाई में ठीक है और मॉडलिंग और फिल्म इंडस्ट्री में अपना करियर बनाना चाहता है। वह नियमित रूप से जिम जाता है, सोशल मीडिया पर अपने वीडियो पोस्ट करता है और उसके लाखों फॉलोअर्स हैं। लड़कियाँ तो लड़कियाँ, बहुत से लड़के भी उसे फॉलो करतें हैं।

वह एक विषमलैंगिक (hetrosexual/straight)लड़का है लेकिन ज्यादा समय उसे लड़कों के संदेश मिलते हैं। वह कभी-कभी उन संदेशों को मुझे दिखाता है और बहुत हंसता है। वह जीवन को बहुत आसान समझता है। वह 'आज' में जीने वाला व्यक्ति है और कल की चिंता नहीं करता है। वह कभी कुछ प्लान नहीं करता। राहुल,वह व्यक्ति है जो धारा प्रवाह के साथ बहता है।

जब वह हाई स्कूल में था तब से उसने लड़कियों को डेट करना शुरू कर दिया था। स्कूल में प्रतिबंधित माहौल था, लेकिन जब उसने कॉलेज में कदम रखा तो उसे खेलने के लिए पूरा खेल का मैदान मिल गया।

उसने अपनी स्वतंत्रता का भरपूर फायदा उठाया। एक ही समय में बहुत सारी गर्ल फ्रेंडस को हैंडल करना एक कला है और मुझे कहना होगा कि राहुल ने उस कला में महारत हासिल कर ली है। अपने गिटार पर सिर्फ रोमांटिक धुन बजाते हुए, ट्रेंडी सैंडोज़ में अपने बाइसेप्स पर टैटू दिखाते हुए और अपनी मंत्रमुग्ध कर देने वाली आँखों से शरारती हरकतें करते हुए, वह हर लड़की को अपनी दीवानी बना लेता है।

लेकिन कौन जानता था कि इस हार्ट थ्रोब का हार्ट इस तरह टूटेगा।

3

पर्दे में रहने दो, पर्दा न उठाओ

एनजीओ के सदस्य सौरभ ने राहुल की काउंसलिंग की और उसे सरकारी अस्पताल से दोबारा जांच कराने को कहा। उन्होंने हर संभव मदद और मार्गदर्शन का आश्वासन दिया।

राहुल बहुत डर गया था और वह बिल्कुल भी नहीं बोल रहा था। मैं उसके साथ था और उसकी ओर से सवाल पूछ रहा था।

सौरभ ने कहा, 'यदि आप एचआईवी से संक्रमित हैं तो इसका मतलब यह नहीं है कि जीवन समाप्त होने वाला है। एचआईवी संक्रमित लोग उचित चिकित्सा देखभाल के साथ लंबे समय तक स्वस्थ जीवन जी सकते हैं।'

उन्होंने एआरटी उपचार - एंटी-रेट्रोवायरल थेरेपी (ART) की व्याख्या की, यदि समय पर और नियमित रूप से लिया जाए, तो प्रतिकृति को प्रभावी ढंग से दबा देता है। बाकी उन्होंने आश्वासन दिया कि अस्पताल में उचित काउंसलिंग की जाएगी।

परीक्षण और परिणामों की पूरी प्रक्रिया को गोपनीय रखा जाता है। सरकारी अस्पतालों में टेस्टिंग, दवाइयां और काउंसलिंग मुफ्त होती है और डाटा भी प्राइवेट रखा जाता है।

राहुल शुरू में सौरभ के सामने अपना राज खोलने को लेकर संशय में था, लेकिन सौरभ ने जिस तरह से न केवल बड़ी शांति से पूरी बात समझाई बल्कि उसे आत्मविश्वास और उम्मीद भी दी, राहुल उनसे प्रभावित हुआ। ऐसा लग रहा था कि राहुल के मन से डर कम होने लगा है। सौरभ ने कहा कि हम गोपनीयता के लिए उन पर भरोसा कर सकते हैं क्योंकि वह और उनका एनजीओ एचआईवी पॉजिटिव लोगों का मार्गदर्शन करने और उन्हें जल्द से जल्द अपना इलाज शुरू करने के लिए प्रोत्साहित करने में मदद करते हैं और जो लोग नियमित और अनुशासित ढंग से अपनी दवाई लेते हैं वो लोग लम्बे समय तक एक स्वस्थ जीवन जीते हैं।

4

शर्मिंदगी का दिन

'सरकारी अस्पताल' शब्द सुनते ही आपके मन में पहला विचार क्या आता है? भीड़, लंबी कतारें, दर्द से कराहते फर्श पर बैठे लोग, इधर-उधर भटकते रिश्तेदारों के मरीज, बहुत निराशावादी और अति दुःखद जगह लगती है। और सबसे बढ़कर स्वच्छता का सवाल भौंहें चढ़ाता है। वहां के कर्मचारियों को देखकर ऐसा लगता है जैसे वे नीरस है और काम करते-करते ऊब चुके हैं और किसी के दिल में कोई भाव नहीं है।

एक अच्छे और सच्चे दोस्त की जिम्मेदारी लेते हुए मैं राहुल के साथ ऐसे ही एक सरकारी अस्पताल में उसका ब्लड टेस्ट कराने गया था। सौरभ हमसे वहीं मिले और वह अब हमें एचआईवी लैब में ले जा रहे थे। हम दोनों ने अपनी पहचान छिपाने के लिए अपने चेहरे को मास्क से ढक लिया था।

अगले ही पल मैंने देखा कि राहुल कतार में था और सौरभ एक स्टाफ सदस्य से बात कर रहा था, क्योंकि वह उसे पहले से जानता होगा। राहुल मास्क पहने हुए भी एक मॉडल की तरह लग रहा था और हर कोई उसे ही घूर रहा था।और घूरे भी क्यों ना ? जब एक लम्बी चौड़ी और चुंबकीय व्यक्तित्व वाला शख्स, ऐसी जगह पर आये जहाँ सब अधमरे से, हताशा से , इधर उधर कागज़ लिए भागते हुए नज़र आएं, तो सब अचम्भे से उसे घूरेंगे ही । ऐसे व्यक्तित्व, सरकारी अस्पतालों के लिए असाधारण घटना है और वो भी तब जब वो एचआईवी परीक्षण की कतार में लगे हो

| |

टेस्ट के लिए जानकारी ले रहे स्टाफ कर्मियों का अजीब तरह से घूरना, राहुल को काफी असहज कर रहा था। तब सौरभ ने हस्तक्षेप किया,

'क्या सर जी, डिटेल्स लिजिये ना, टेस्ट करवाना है, देर हो रही है'

सौरभ को नजरअंदाज करते हुए स्टाफ राहुल के थोड़ा करीब आ गया और बोला

'तुम पढ़े-लिखे हो, हीरो लगते हो, तुम्हारे साथ ऐसा कैसे हो गया?'

'सर, हम रक्त परीक्षण के लिए आए हैं, यह पुष्टि करने के लिए कि यह हुआ भी है या नहीं' सौरभ ने 'पुष्टि करने के लिए' शब्द पर जोर देकर उसे जानकारी वाले रजिस्टर पर लिखने की और इशारा किया

लोग इतनी जल्दी आलोचनात्मक (जजमेंटल) कैसे हो जाते हैं? स्टाफ ने सौरभ को नाराज़ नज़रों से देखा और राहुल से डिटेल लेने लगा।

मैं देख सकता था कि राहुल को यह सब पसंद नहीं आ रहा था और वह भागना चाहता होगा, लेकिन मुझे यह देखकर आश्चर्य हुआ कि वह कितना धैर्य से बैठा था और एक कतार से दूसरी कतार में, एक कर्मचारी से दूसरे की तरफ, एक मासूम बच्चे की तरह अपना ब्लड टेस्ट के लिए आगे बढ़ रहा था।

उसका खून लेने के बाद, प्रयोगशाला सहायक ने कहा, "रिपोर्ट कल दोपहर 2 बजे तक आ जाएगी"।बस इतना सुनते ही राहुल और मैं वहां से तेज़-तेज़ बाहर की और चलने लगे, जैसे वहाँ एक मिनट भी और रुकते तो शर्मिंदगी से मर ही जाते।

वहीं शर्मिंदगी के उस दिन का अंत हुआ!

5

सरकारी हस्पताल से चमत्कार की आशा

जिस तरह किसी भी परीक्षा के नतीजे आने से पहले दिल जोर-जोर से धड़कने लगता है, उसी तरह राहुल की बाइक पर बैठे हमारे दिल की धड़कन की आवाज उसकी बाइक के फटे साइलेंसर की आवाज से ज्यादा तेज आ रही थी।

दो निजी लैब से नतीजे मिलने के बाद भी, मुझे नहीं पता कि हम सरकारी लैब से चमत्कार की उम्मीद क्यों कर रहे थे? अपनी किस्मत पर अन्धविश्वास करते हुए हम हस्पताल पहुंचे, हमने बाइक पार्किंग में लगाई, और उसी के साथ ही एनजीओ वाला सौरभ दिखाई दिया।

हम उसी जगह पर थे, उसी स्टाफ के सामने, वह अजीब तरह से हमें घूर रहा था और फिर राहुल ने मुझे देखा। मैं राहुल के उस 'लुक' को अच्छी तरह से जानता हूं जिसका मतलब है कि वह उस व्यक्ति को उसी क्षण जान से मार देना चाहता है। मैंने शांत होने की दृष्टि से उत्तर दिया।

सौरभ: सर, हम यहां परिणाम के लिए हैं

कर्मचारी (राहुल की ओर देखते हुए): आपका नाम क्या है?

राहुल: राहुल...राहुल मेहरा

स्टाफ ने सभी परिणाम रिपोर्टों के बीच देखा और फिर राहुल का परिणाम निकाला, उसने खोला, पढ़ा और अपना सिर हिलाना शुरू कर

दिया और कहा "क्या मैंने तुमसे कल नहीं पूछा, यह कैसे हुआ? परिणाम सकारात्मक (पॉजिटिव) आया है"

इस समय मैं राहुल की मानसिक पीड़ा को गहराई से महसूस कर पा रहा था। मैं इतना असहाय महसूस कर रहा था कि मैं चाह कर भी राहुल की मदद नहीं कर सकता था। न ही मेरे पास कहने के लिए कोई शब्द थे। राहुल भी चुप था।

अधेड़ उम्र के उस स्टाफ़ अंकल ने राहुल के कंधे पर हाथ रखा और कहा, 'बेटा, घबराने की कोई बात नहीं है। आप पहले नहीं हैं, और आप अंतिम भी नहीं हैं। मुझे बताएं कि आपको पहली बार कब और क्यों लगा कि आपको टेस्ट करवाना चाहिए?"

राहुल ने सौरभ को देखा और सौरभ ने उसे यह कहते हुए सिर हिलाया कि "उसे बताओ"।

राहुल ने जवाब दिया "सर, मैंने कई बार बिना कंडोम के सेक्स किया है, एक दिन मेरे दिमाग में एक असहज लेकिन मजबूत विचार आया कि मुझे अपना टेस्ट करवाना चाहिए। मैंने फिर निजी लैब से इसका परीक्षण कराया जहां यह सकारात्मक आया।

स्टाफ़: मल्टीपल पार्टनर्स?

राहुल: हाँ

कर्मचारी: विवाहित हो ?

राहुल: नहीं

स्टाफ़: ओह, माय गॉड!!! बेटा, तुम पढ़े-लिखे और अच्छे परिवार से हो, तुम ऐसी गैर-जिम्मेदाराना हरकत कैसे करते हो? आप देखिए, आप किसी बॉलीवुड हीरो से कम नहीं हैं और आप अपनी जवानी और भविष्य के साथ कैसा व्यवहार कर रहे हैं?

एक असहज चुप्पी

'अब घबराओ मत, जो मैं कहता हूं उसका बुरा मत मानो, देश के युवा जब इस एचआईवी के चक्रव्यूह में फंस जाते हैं तो मुझे अच्छा नहीं लगता।' स्टाफ़ अंकल ने राहुल और फिर क़तार में लगे और लोगों को देख कर कहा।

इसके बाद उन्होंने सौरभ को निर्देश दिया कि राहुल को पंजीकरण के लिए एआरटी विभाग में ले जाएं और आगे की औपचारिकताएं पूरी करें। वह अपनी कुर्सी से उठ खड़ा हुआ और अपने दोनों हाथ राहुल के कंधों पर रख दिया और सलाह दी "यहाँ आपके जीवन का नया अध्याय शुरू होता है, अपना ख्याल रखना"।

6

एच आई वी के साथ एक नया अध्याय

और यहाँ से राहुल के जीवन का एक नया अध्याय शुरू होता है, एक नयी यात्रा जिस पर राहुल अकेला नहीं है, एक अनचाहा दोस्त भी उसके साथ है। यह एहसास कि हम 'कभी ठीक नहीं हो सकते हैं' और हमें जीवन भर इसी वायरस के साथ रहना है, एक खालीपन और उदासी छोड़ देता है। 'आज, एचआईवी पॉजिटिव निदान अब उतना निराशाजनक नहीं है जितना पहले था। एचआईवी से पीड़ित लोग अपना जीवन पूर्ण और स्वस्थ तरीके से जी रहे हैं। हालांकि इस संक्रमण के बारे में मिथक अभी भी कायम हैं' ~ हाथ में राहुल के टेस्ट रिजल्ट्स के साथ एआरटी पंजीकरण केंद्र की ओर ले जाते हुए सौरभ ने समझाया।

सौरभ ने हमें ओपीडी कार्ड पहले ही दे दिया है और शायद उन्हें यकीन था कि टेस्ट का परिणाम पॉजिटिव आएगा, इसलिए उन्होंने एक दिन पहले ही राहुल को पंजीकरण के लिए अपनी पहचान / पता प्रमाण के साथ आने का निर्देश दिया था।

जैसे ही हम मास्क से ढके चेहरे के साथ एआरटी विभाग में दाखिल हुए, हमने देखा कि वहां बहुत से लोग या तो दवा लेने के लिए या परामर्श के लिए या नियमित जांच के लिए, कतार में खड़े थे। सौरभ ने यह सब समझाया।

'नमस्ते दीदी, कैसी है आप!' सौरभ ने पंजीकरण डेस्क पर बैठी महिला से पूछा।

'अरे राहुल, आज फिर से'

'जी दीदी, ये भाई हैं हमारे, इनका पंजीकरण करना था'

राहुल ने मेरे कानों में फुसफुसाया 'भाई ये सौरभ रोज़ किसी न किसी को लेकर आता है क्या इधर'

मैंने कंधा उचका कर संकेत दिया कि मुझे क्या पता।

'यहाँ आओ और बैठो' उस महिला ने राहुल से कहा

सौरभ ने राहुल को समझाया कि वह महिला काउंसलर से जितने चाहे सवाल पूछ सकता है। कोई प्रश्न मूर्खतापूर्ण प्रश्न नहीं है। इतना कहकर हम दोनों उस कमरे से बाहर आ गए और राहुल के रजिस्ट्रेशन और काउंसलिंग की प्रक्रिया शुरू हो गई जो लगभग तीस मिनट तक चली।

उस शीशे के केबिन के बाहर बैठ कर मैं राहुल को देख रहा था। वह सवाल पूछ रहा था और काउंसलर उन सभी का जवाब दे रही थी। बीच-बीच में मैंने उसके चेहरे पर मुस्कान भी देखी। ऐसा लगा जैसे राहुल को उसके हर सवाल का सही जवाब मिल रहा हो और शायद एक सकारात्मक उम्मीद भी।

'कैसा था सब'? मैंने उत्सुकता से पूछा जब राहुल बाहर आया

'अच्छा था और डर कम हुआ' राहुल ने मुस्कुराते हुए जवाब दिया

राहुल ने कहा, 'मुझे अभी डॉक्टर से मिलना है और फिर वे दवा लिखेंगे।'

डॉक्टर के साथ 15 मिनट बिताने के बाद, वह बाहर आया, काउंटर से राहुल ने दवाइयाँ लीं, जो मुफ्त थीं,; उसने मुझसे कहा कि अब उसे एक महीने के भीतर विभिन्न परीक्षणों से गुजरना होगा। दवा का डिब्बा दिखाते हुए उन्होंने कहा कि उसे बिना नागा किए रोजाना एक गोली खानी है। और यहीं से शुरू होता है मेडिसिन और टेस्ट का कभी न खत्म होने वाला सफ़र जो उसकी मौत के साथ ही खत्म होगा।

यह कहते हुए उसकी आंखों में आंसू भर आए, लेकिन उसकी आंखों में एक जज्बा भी दिखाई दे रहा था मानो वह कहना चाहता हो कि अब जो कुछ भी है, वह इन परिस्थितियों से लड़ेगा और अपने जीवन में आगे बढ़ेगा। इतना कहते ही मैंने उसके कंधे पर हाथ रख दिया और उसने मुझे

गले से लगा लिया।

वो बहुत ही ज़ज़्बाती पल थे, ऐसा लग रहा था की जैसे जीवन की एक बहुत बड़ी लड़ाई हम हार गए हो और आगे कुछ नज़र ना आ रहा हो। लेकिन मैंने भी अपना मन पक्का किया और अपने से कहा कि मुझे भी मजबूत रहना है और राहुल को भी कमज़ोर नहीं पड़ने देना है।

'ठीक है, मेरा काम ख़त्म हुआ, अब यह आपकी ज़िम्मेदारी है कि आप रोज़ाना अपनी दवा लें और जब भी डॉक्टर कहेगें, अपना परीक्षण करवाएँ। यदि आपको किसी भी कार्य में कोई कठिनाई आती है, तो बेझिझक मुझसे संपर्क करें ' ~सौरभ ने उस भावनात्मक पल में बाधा डालते हुए कहा

राहुल ने सौरभ का आभार जताते हुए कहा, 'आप की मदद के लिए धन्यवाद दोस्त, आपने मेरे मरते हुए आत्मविश्वास को जगाया और उम्मीद की किरण दिखाई'

'यह मेरा कर्तव्य है और आपको अपने मित्र राजन को धन्यवाद कहना चाहिए' सौरभ ने मेरी तरफ देखा और मेरे कंधे पर हाथ रखा।

◠◡

7

माँ को बताएं या नहीं ?

एक मिलियन डॉलर का सवाल और इसका जवाब देना आसान नहीं है। हमें क्या माँ को बता देना चाहिए, और अगर हाँ तो कैसे बताएं? एक मुसीबत के बाद एक और मुसीबत, तनाव के बाद और तनाव जैसा लगता है। और जैसा कि राहुल कहता है कि किसी इंसान को HIV होना न केवल दवा और परीक्षणों की अंतहीन यात्रा है, बल्कि जीवन भर की शर्मिंदगी भी है।

और समाज एचआईवी पॉजिटिव लोगों के साथ कैसा व्यवहार करता है, हमने अस्पताल में ही इसका जीवंत अनुभव कर लिया था।

अपनी माँ को यह सब बताकर राहुल उनकी चिंता और बढ़ाना नहीं चाहता था। लेकिन क्या राहुल अपनी माँ को ये सब न बताकर सही कर रहा था? उसके जीवन का इतना बड़ा रहस्य, क्या वह इसे केवल अपने और मुझ तक ही सीमित रखना चाहता था? मैंने हिम्मत रखते हुए राहुल से कहा कि यह सही तरीका होगा अगर वह अपनी माँ को यह सब बता दें। इससे न सिर्फ उसके दिल का बोझ हल्का होगा बल्कि माँ उसकी अच्छे से देखभाल भी कर पाएंगी।

आदतन उसने मेरे सुझाव को नकार दिया और कहा कि माँ को सब कुछ बताने का यह सही समय नहीं है। भविष्य में अगर उसे लगता है कि उसे

अपनी माँ को बताना चाहिए, तभी वह बताएगा।

मुझे उससे, उस वक़्त, बहस करना ठीक नहीं लगा, वो जिस मनोस्थिति में था, मैंने हाँ में हाँ मिलाना ही ठीक समझा और वहाँ से चला आया। उसके कमरे से निकल कर कब मैं अपने घर में अपने कमरे तक पहुंच गया मुझे पता ही नहीं चला। मानो, मस्तिष्क को जैसे भावनाओं के बवंडर ने चारों तरफ से घेर लिया हो और किसी भी तरह की नई सोच के भीतर आने के सभी रास्ते बंद हो गए हो।

8

छूने से सिर्फ प्यार फैलता है

डर एक भावना है जो आपकी बुद्धि को भ्रमित करती है। आप कितने भी बुद्धिजीवी क्यों न हों, लेकिन जब आप डर को महसूस करने लगते हैं, तो बेकार और निराधार विचार आपके मस्तिष्क की जटिल व्यवस्था में भी खाली जगह पैदा कर देता है। जिससे आपकी सोचने की क्षमता क्षीण होने लगती है।

मैं दिन भर एचआईवी संक्रमित लोगों के साथ रहा, मुझे बहुत अजीब लग रहा था और यूँ कहिये कि डर भी कि कही मुझे भी कोई संक्रमण न हो जाये। मैंने स्नान किया, ठीक से खाना खाया और फिर एक कप गर्म चाय हाथ में लेकर, कुछ सोचते सोचते मैं कुर्सी पर बैठ गया। तभी एक वॉट्सएप नोटिफिकेशन आया। यह सौरभ का था और शायद उस समय मुझे बस यही चाहिए था।

"आप चिंता न करें, छूने से सिर्फ प्यार फैलता है" और उसके साथ एक हंसी की इमोजी।

'हाँ हाँ' मैंने भी उसी इमोजी के साथ जवाब दिया।

उसी समय राहुल का भी एक मैसेज आया

'कल सुबह 7 बजे तैयार रहना'

'रुको...किस लिए और कहाँ जाना है !!'

'फिर से अस्पताल में, और अधिक परीक्षणों (टेस्ट्स) के लिए कहा है उन्होंने'

' फ** (F**) यार!!'

'चिंता मत करो अब फ** हमेशा कंडोम के साथ करूँगा, तैयार रहना 7 बजे ...'

'यही कंडोम पहले प्रयोग कर लिया होता तो आज ये नौबत नहीं आती।'

'☹'

जब से राहुल का ये रहस्योद्घाटन हुआ है, मेरे कानों में सिर्फ एक ही गाने की आवाज़ आती रहती है (लौ***(L) लग गए.mp3)

❧

9

जीवन में इंद्रधनुष से भी अधिक रंग हैं - अजय की कहानी

अब राहुल के साथ अस्पताल जाना, दवा लेना हो या कोई टेस्ट कराना, गेरी तिगाही 'टू डू लिस्ट' का हिस्सा बन गया था। मैं राहुल का इंतज़ार करते-करते वहाँ बैठे लोगों से बातें करने लगा, उनकी कहानियाँ सुनने लगा, उन्हें जानने लगा।

उस एक दिन मैं बेंच पर बैठ कर अपना मोबाइल चेक कर रहा था, अचानक मेरे कान में एक आवाज आई

'भैया आप भी यहाँ अपनी दवा लेने आए हो'

'नहीं नहीं, मैं ठीक हूं, मैं यहां किसी के साथ आया हूँ' मैंने उस किशोर(टीनेजर) को जवाब दिया

'तुम यहाँ कैसे हो'?

'मैं यहाँ अपनी दवाएं लेने आया हूँ, मैं संक्रमित हूँ...एचआईवी से'

मैं सचमुच हैरान था कि एक प्यारा सा दिखने वाला किशोर कैसे एचआईवी से संक्रमित हो सकता है।

'नाम क्या है तुम्हारा'

'अजय'

'ये कैसे हुआ तुम्हें?'

'पापा को था, फिर उनसे मम्मी को और दोनों से मुझे हुआ'

'एचआईवी के साथ ही पैदा हुआ हूँ ' अजय ने मुस्कुराते हुए कहा

मेरा दिमाग सचमुच चकरा गया। मैं अंदर तक हिल सा गया था, मुझे नहीं पता था कि अब उससे क्या कहना है।

'क्या हुआ भैया, कुछ बोले नहीं आप' लड़के ने मुस्कुराते हुए पूछा

'मैं क्या कहूं ? बिना कोई ग़लती किये, तुम्हें जिंदगी ने इतनी बड़ी सज़ा दे दी'

'हा हा हा, जिंदगी के, इन्द्रधनुष से ज्यादा रंग है भैया, सब अपनी किस्मत पहले से ही लिखवा कर आते हैं'

'लेकिन बचपन से ये सब कैसे झेल पा रहे हो तुम?'

'मेरी माँ अब मर चुकी है; मेरे पिताजी बीमार हैं, मैं अपनी दादी और बड़ी बहन के साथ रहता हूँ'

'ओह तो क्या तुम्हारी बहन भी...?'

'नहीं नहीं, वह सुरक्षित है'

'मैं एक स्कूल में पढ़ता हूं, यहां हर तीन महीने में अस्पताल आता हूं जब मेरी दवाएं खत्म हो जाती हैं'

'आय स्रोत के बारे में क्या, मतलब पैसा कहाँ से आता है?'

'मेरी दादी और पिता की पेंशन'

'तो, तुम्हारे रिश्तेदारों को इस बारे में पता है?'

'हां पता है, लेकिन न तो वे हमारे घर आते हैं, न ही वे चाहते हैं कि हमारे चचेरे भाई मेरे साथ खेलें'

'स्कूल में तुम्हारे सहपाठियों को तुम्हारे बारे में पता है क्या?'

'सिर्फ मेरे सबसे अच्छे दोस्त को पता है, नहीं तो वे (स्कूल प्रशासन) मुझे बाहर निकाल देंगे '

'तो, तुम्हें इन सब से बुरा नहीं लगता, गुस्सा नहीं आता? '

'शुरू में जब मुझे यह सब पता चला और मुझे समझ में आने लगा, तब मुझे बहुत बुरा लगा, मुझे गुस्सा भी आया, लेकिन अब यह जीवन का हिस्सा बन गया है। इसीलिए मैं अपने जीवन को दुःखी हो कर नहीं,

बल्कि ख़ुश रह कर जीना चाहता हूँ। भगवान् ने जितनी भी दी है, उतनी ज़िन्दगी हँसते खेलते कट जाए, बस इसी कोशिश में लगा रहता हूँ ।'

'अद्भुत अजय! कितनी अच्छी सोच है तुम्हारी, मेरे प्यारे दोस्त। इतना सब नकारात्मक होने के बाद भी कैसे ज़िन्दगी को एक सकारात्मक तरीके से जी रहे हो , ये कला तो हम सब को तुमसे सीखनी चाहिए।

'धन्यवाद भैया, मुझे जाना चाहिए, उन्होंने मेरा नाम पुकारा है'

'हाँ, शुभकामनाएँ अजय!'

वह मुस्कराया।

किसी ने कुछ ग़लत किया हो तो भगवान उसे सज़ा देते हैं , लेकिन अजय ने इस दुनिया में अभी कदम भी नहीं रखा था , तो उसे किस बात की सज़ा? सच में जीवन में इंद्रधनुष से ज्यादा रंग है जो भगवान अलग अलग समय में सब को दिखाते हैं।

लेकिन जिस तरह अजय अपनी किशोरावस्था में ही जीवन जीने की इतनी बड़ी कला सीख गया , ये सच में अद्भुद था। उस दिन से मैंने तय किया कि मैं राहुल के साथ अस्पताल आना ज़ारी रखूंगा, लोगों से मिलूंगा और उनकी प्रेरक कहानियाँ सुनूंगा। और उन कहानियों को एक किताब के माध्यम से लोगों तक पहुँचाऊँगा।

10

जिंदगी में छिपाने लायक बचा ही क्या है - सुजाता की कहानी

आमतौर पर अस्पताल के कर्मचारी सुबह ९ बजे काम पर आ जाते हैं, लेकिन सुबह 7 बजे से ही लोगों की कतार लगनी शुरू हो जाती है। जैसे ही लोग आते हैं, वे अपने कार्ड, कर्मचारियों की खिड़की पर रख देते हैं। जब कर्मचारी ९ बजे आते हैं, तो वे एक-एक करके कार्ड देखते हैं।

'सुजाता'

'जी मैडम'

'आपका आवेदन स्वीकृत हो गया है' उसके चेहरे पर एक बड़ी मुस्कान के साथ, कर्मचारी ने कतार में सबसे पहले लगी सुजाता से कहा

'थैंक यू मैडम जी ' सुजाता ने आभार जताया

दो महिलाओं ने सुजाता को बधाई देना शुरू कर दिया। राहुल ने मुझसे पूछा कि वे उसे बधाई क्यों दे रहे हैं? कैसा आवेदन? मैंने कहा कि मैं पता लगाऊंगा।

मैंने देखा कि सुजाता ने अपनी दवाइयां लीं और वो वहां से जाने ही वाली थीं, कि उत्सुकतावश मैं उनके पास गया और बोला,

'नमस्ते जी'

'नमस्ते' उन्होंने जवाब दिया

'आप बुरा न मानें तो एक बात पूछ सकता हूं आप से?'

'जी कहिये'

'वे लोग आपको किस बात के लिए बधाई दे रहे थे'

'दरअसल, मेरा आवेदन मंजूर हो गया है। मैं एचआईवी पॉजिटिव हूं और सरकार एचआईवी पीड़ित गरीब लोगों को पैसा देती है ताकि वे स्वस्थ भोजन ले सकें और इस बीमारी से लड़ सकें। इसलिए, अगले महीने से मुझे सीधे मेरे जन धन खाते में पैसा मिल जाएगा।

'ओह! एक दम बढ़िया! बधाई हो!'

'धन्यवाद, क्या आप भी आवेदन करना चाहते हैं?'

'नहीं - नहीं !! मैं एचआईवी संक्रमित नहीं हूं और मैं भगवान की कृपा से गरीब भी नहीं हूं 'मैं यहां किसी के साथ हूं और मैंने देखा कि सब आपको बधाई दे रहे थे, इसलिए मैंने पूछा।

'मुझे पता नहीं है कि मुझे आपसे यह सवाल पूछना चाहिए या नहीं कि आप एचआईवी से कैसे संक्रमित हुए और अब आपका जीवन कैसा चल रहा है'

'कोई बात नहीं, आप पूछ सकते हैं, अब जिंदगी में छिपाने लायक बचा ही क्या है'

इतना कहकर सुजाता पास की कुर्सी पर बैठ गई और अपने बैग से पानी की बोतल निकाल कर पानी पीने लगी। उनके बगल वाली कुर्सी पर बैठकर मैंने कहा कि मुझे लोगों की प्रेरणादायक और साहसी कहानियां सुनना अच्छा लगता है।

'अरे भैया, हमारी कहानी से कोई क्या सीखेगा; दुःख, दर्द और संघर्ष ही है, हमारी कहानी का सार'

'मैं मूल रूप से बिहार के एक गाँव की रहने वाली हूँ' मुझे खाने में नशा मिला कर, बेहोशी की हालत में मेरे साथ बलात्कार किया गया था।'

'क्या!!!'

मैं एकदम सदमे में उसके चेहरे को देखता ही रह गया। वह अपने जीवन की ऐसी डरावनी घटना को कैसे इतनी आसानी से बता रही थी।

'मुझे पता है कि आप सोच रहे हो कि इतनी बड़ी बात मैं ऐसे कैसे बोल गयी और वो भी किसी अजनबी को'

मेरे मुँह से कोई शब्द नहीं निकला, मेरे चेहरे की भाव भंगिमाएं पढ़ कर उन्होंने आगे कहा।

'आपसे झूठ कर बोल कर मुझे क्या मिलेगा भैया, जब मैं अपनी कहानी बताने ही बैठी हूँ तो क्यों ना सच बोलूँ। वैसे भी कोई नहीं आता हम गरीबों को पूछने, आपने पूछा तो मैं भी सच बताने लगी। मेरा अपहरण कर लिया गया था और कई दिनों तक मेरे साथ वो घिनौना खेल खेला गया। मैं होश में आ ही नहीं पायी'

'फिर आप वहां से कैसे बचीं ?'

'जब उनका मन भर गया तो मुझे रास्ते पर फेंक कर चले गए, और सुबह शौच करने गयी कुछ महिलाओं ने मुझे देखा और बचाया'

'आपने पुलिस को शिकायत दर्ज़ नहीं करवाई?'

'हा हा हा (*व्यंग्यात्मक हंसी*), बिहार का वो दौर ही अलग था भैया, मैं गरीब और ऊपर से महा दलित, हमारी कौन ही सुनता? बहुत मुश्किल से FIR दर्ज़ तो हुई, लेकिन मुझे नशा दिया गया था, किसी भी बलात्कारी की शक्ल या हुलिया मुझे याद नहीं था'

मैं अभी भी नि:शब्द था, समझ नहीं पा रहा था कि क्या प्रतिक्रिया दूं।

'अब गाँव में तो मां और दो छोटे भाई बहन के साथ रहना मुश्किल हो रहा था। इसिलिए हम शहर में आ गए । 'कुछ वक़्त गुज़र जाने के बाद मैं बीमार रहने लगी, डॉक्टर ने एचआईवी टेस्ट का बताया और उसी जांच में पता चला कि मैं संक्रमित हूँ। अब मुझे ही माँ और दो भाई बहन को संभालना था, बीमारी के आगे झुक कर तो नहीं बैठ सकते। इलाज़ शुरू करवाया , पहले पहल तो कुछ समझ नहीं आता था, फिर धीरे-धीरे सब समझ आने लगा'

'हाँ, सही कह रही है आप, आपके भाई बहन पढ़ते हैं?'

'हाँ, सरकारी स्कूल में'

'मैं कपड़े की फैक्ट्री में सिलाई का काम करती हूं, वहीं से ही आमदनी होती है। लेकिन अब सरकार से भी कुछ पैसे मिलेंगे तो मैं अपने स्वास्थ पर भी ध्यान दे पाऊँगी'

'हाँ, ये तो सही बात की आपने'

'अगर मैं स्वस्थ रहूंगी तभी तो परिवार का उत्तरदायित्व मजबूती से उठा पाऊंगी'

'सुजाता जी, मैं आपको प्रणाम करता हूँ, आप बहुत बहादुर हैं, आपकी कहानी उन सभी महिलाओं को प्रेरित करेगी जो जिंदगी में हार मान कर बैठ जाती हैं। सच में आप एक हीरो है'

'अरे साहेब, बस इसी का नाम ही जिंदगी है, वो गाना सुना है आपने 'समझौता ग़मों से कर लो,ज़िन्दगी में ग़म भी मिलते हैं'

'पतझड़ आते ही रहते हैं के मधुबन फिर भी खिलते हैं' गीत की आगे की पंक्तियाँ मैंने जोड़ दीं

'वाह वाह भैया, चलो मैं चलती हूं, फैक्ट्री का टाइम हो गया।' वो मुस्कुराई और चलीं गई ।

कभी-कभी ऐसा लगता है कि कैसे लोग दुःख को अपना साथी बनाकर आगे बढ़ते हैं और खुश रहना सीखते हैं। वे लोग दुखों से लड़ना छोड़ देते हैं या यूँ कहिये कि एक तरह का समझौता कर लेते है और बस जीने की तरफ अपना ध्यान केंद्रित करते है। उनके लिए एक दिन ख़ुशी ख़ुशी बीत जाना ही उस दिन की जीत जैसा है। उस दिन मेरे दिमाग में सुजाता की कहानी ही चलती रही।

11

इसे कहते हैं सच्ची प्रेम कहानी - गीतिका और स्नेहिल की कहानी

आपने सच्चे प्यार के कई किस्से सुने होंगे, लाखों किताबें, कविताएं/ शायरी और फिल्में हैं जो सच्ची प्रेम कहानियों पर लिखी और बनाई जाती हैं।

जब आप किसी प्रेम कहानी के बारे में सोचते हैं तो आपके दिमाग में क्या आता है? एक सुंदर लड़की, सुंदर लड़का, फूल, घोड़े, दिल के आकार के गुब्बारे, रोमांटिक गाने, खूबसूरत घाटियाँ, चॉकलेट, उपहार आदि।

क्या आप सोच सकते हैं, मुझे अस्पताल में ही एक प्रेम कहानी मिल सकती है? वास्तविक जीवन में?

जी हां, स्नेहिल और गीतिका की लव स्टोरी। स्नेहिल ने मुझे अपनी कहानी सुनाई तो मेरी आंखों से आंसू छलक पड़े। उस दिन स्नेहिल और गीतिका के रूप में सच्चे प्यार की एक जीवंत मिसाल सामने आई।

'हे राजन, तुम मेरे साथ आते हो, तुम मेरे लिए आते हो, लेकिन तुम लोगों से बात करने में सारा समय लगाते हो? तुम उनसे क्या बात करते हो?' ~ राहुल ने मुझसे कविता के रूप में पूछा

'मेरे प्यारे दोस्त, तुम दवा लेते हैं, काउंसलर और फिर डॉक्टर से मिलते हो, इन सबके बीच, मुझे जो भी समय मिलता है, मैं लोगों से उनकी कहानियाँ सुनता हूँ। हो सकता है कि मैं एक किताब लिखूं जो अन्य लोगों को प्रेरित करे'~ मैं मुस्कुराया और अपने मास्क को ठीक किया

'ओ के मेरे लेखक दोस्त ' राहुल भी मुस्कुराया।

हम्म तो मैं इधर-उधर कुछ ताका झांकी कर रहा था और फिर मैंने देखा कि एक पुरुष एक महिला को बैठने के लिए कह रहा था, और वह देखने लगा कि अस्पताल के कर्मचारी आए हैं या नहीं। उसने महिला को पानी पीने के लिए बैग से पानी की बोतल निकाल कर दी। उनके व्यवहार से ऐसा लग रहा था कि वह पति-पत्नी हैं। वह व्यक्ति अपनी पत्नी के लिए कतार में खड़ा था। जब उसकी बारी आई, तो महिला कतार में लग गई और आदमी उसी कुर्सी पर आ कर बैठ गया, जिस पर वह पहले बैठी थी।

मैं यह सब देख रहा था और न जाने क्यों मैं सोचने लगा कि निश्चित रूप से बेचारी महिला, इसी आदमी की वजह से संक्रमित हुई होगी। और मैं इसकी पुष्टि करना चाहता था। हालांकि मुझे किसी के निजी जीवन में प्रवेश करने का कोई अधिकार नहीं है, लेकिन मैं आपने आप को रोक नहीं पाया । पहले की दो कहानियां काफी साहसी और प्रेरक थीं। मैं आज का दिन व्यर्थ नहीं होने देना चाहता था।

'नमस्ते'

'नमस्ते'

'क्या मैं यहां बैठ सकता हूं?'

'हाँ यकीनन'

'मेरा नाम राजन है और मैं यहां अपने दोस्त के साथ आया हूं'

'ओह! मेरा नाम स्नेहिल है और मैं अपनी पत्नी के साथ हूँ'

'आपसे मिलकर अच्छा लगा स्नेहिल'

'जी, मुझे भी'

कैसे पूछूं, क्या पूछूं, क्या होगा,अगर उसे बुरा लगा तो, मेरे मन में बस सवालों की झड़ी लग रही थी।

'क्या आप भी पॉज़िटिव हैं?' स्नेहिल ने पूछा

'नहीं, नहीं, बस अपने दोस्त के साथ आया हूं'

'ठीक है'

'क्या...क्या आप भी पॉज़िटिव हैं?'

'नहीं, आज मेरी पत्नी का दवाई लेने का दिन है , इसलिए मैं उसके साथ आया हूँ'

'ओह ओके' सामान्य तौर पर, मेरी जानकारी के अनुसार पत्नियों को अपने पतियों से ही यह संक्रमण होता है...लेकिन यहाँ'? मैंने यह त्वरित प्रवाह में कहा और बाद में पछताया

'एक्सक्यूज़ मी!' (स्नेहिल ने शायद थोड़े गुस्से में कहा)

'मुझे बहुत खेद है, सर, कृपया बुरा न मानें, मैं सिर्फ यह जानना चाहता था कि आपकी पत्नी को यह कैसे हुआ... क्षमा करें'

'लेकिन आप क्यों जानना चाहते हैं?'

'ओह, वास्तव में मैं कुछ प्रेरणादायक कहानियों पर एक किताब लिखना चाहता हूँ; सोचा कि आप की कहानी भी किसी के लिए प्रेरणा बन सकती है'

'माफ़ करें, हमें ऐसी कोई दिलचस्पी नहीं है, धन्यवाद'

ये कह कर स्नेहिल उठा और अपनी पत्नी के पास चला गया ।

मुझे बहुत शर्मिंदगी महसूस हुई और मैंने अपने कानों में ब्लूटूथ लगाया और इंस्टाग्राम रीलों को देखना शुरू कर दिया। कुछ क्षणों पश्चात, अचानक किसी ने मेरे कंधे को छुआ और मुझे बुलाया। मैंने ऊपर देखा, स्नेहिल और उसकी पत्नी वहाँ खड़े थे। मैं घबरा गया और खड़ा हो गया।

'नमस्ते...।'

'नमस्ते'

'तो स्नेहिल ने मुझसे कहा कि आप हमारी कहानी जानना चाहते हैं और किसी किताब में प्रकाशित करेंगे?' ~ आत्मविश्वास से भरी गीतिका ने पूछा

'अरे हाँ, मैं योजना बना रहा हूँ.... मैं उसी पर काम कर रहा हूं'

'बढ़िया विचार है'

'मैंने स्नेहिल से चर्चा की और हम तैयार हैं'

'बहुत अच्छे!! आपका बहुत-बहुत धन्यवाद'

'क्या हम बाहर निजी कैफेटेरिया जा सकते हैं'? ~ स्नेहिल ने सुझाव दिया

'ठीक है' मैंने कहा 'मैं अपने दोस्त को मैसेज कर देता हूँ '

राहुल को समय लगेगा ; उसे काउंसलर और डॉक्टर से मिलना बाकी था, फिर वह दवा के लिए कतार में खड़ा होगा। मैंने उसे मैसेज भेजा कि मैं बाहर कैफेटेरिया जा रहा हूं।

'तो, कहाँ से शुरू करें' गीतिका ने स्नेहिल से पूछा

'हा हा तुम्हारी इच्छा' स्नेहिल ने उत्तर दिया

'ठीक है, स्नेहिल और मैं एक ही कॉलेज में थे' वह उस समय मेरा सबसे अच्छा दोस्त था।

'हाँ, एक दोस्त जो उससे बहुत प्यार करता था, लेकिन मैडम ने मुझे 'friendzoned' कर दिया'

Friendzone - अगर आप किसी के फ्रेंड जोन में हैं तो वो आपको सिर्फ फ्रेंड ही मानते हैं, रोमांटिक पार्टनर के तौर पर नहीं।

'लेकिन तुमने कभी अपनी भावनाओं को मुझसे व्यक्त नहीं किया'

'मैं तुम्हें खोने से डरता था'

'ओह हाउ क्यूट' ~ मैंने मासूमियत से कहा

'तो तुम लोग आखिर में 'जस्ट फ्रेंड्स' से 'कपल' कैसे बन गए' ~ मैंने उत्सुकता से पूछा

'जस्ट फ्रेंड्स नहीं, 'क्लोज फ्रेंड्स' ' दोनों ने मिलकर मुझे टोका

'ओह हाँ'

'स्नेहिल मेरा करीबी दोस्त था, लेकिन मैं किसी और से प्यार करती थी'

'क्या!!!' मैंने चौंकते हुए पूछा

'हाँ, एक लड़का था मानव, जिससे गीतिका प्यार करती थी और उसने उससे शादी भी कर ली'

'तुम क्या बात कर रहे हो !!' मैंने हैरान हो कर बोला

'हा हा, ट्विस्ट का इंतज़ार करें राजन' ~ गीतिका हँसी

'फिर क्या हुआ'~ मैंने एक जिज्ञासु बच्चे की तरह पूछा जो अपनी दादी से कहानी सुन रहा हो

'हां, मानव और मैंने शादी कर ली ; जब तक मुझे उसके कुछ राज़ का पता नहीं चला तब तक सब ठीक चल रहा था': गीतिका ने आगे कहा

'इस बीच मैं पूरी तरह से बर्बाद सा हो गया था, आप शराब के नशे में धुत्त एक फिल्म के नायक के बारे में सोच सकते हैं, जो उसकी प्रेमिका के बारे में सोच रहा है और जिसने उसे धोखा दिया हो' ~ स्नेहिल ने हँसते हुए अपनी उस वक़्त कि स्थिति को बताया

'हाँ, लेकिन मैंने तुम्हें कोई धोखा नहीं दिया' ~ गीतिका ने अपना बचाव किया

'तो, आपको कौन से राज़ पता चले' ~ मैंने बीच-बचाव किया, क्योंकि मैं चाहता था कि कहानी जारी रहे क्योंकि राहुल कभी भी आ सकता था

'अपनी पिछली गर्लफ्रेंडस के सारे राज़, उसके सेक्स अफेयर्स के बारे में, मुझे एक लड़की से पता चला कि मानव एक सेक्स एडिक्ट था'

   'हे भगवान!' ~ मुझे ये सब सुन कर झटका सा लगा

'हां, और फिर मैंने स्नेहिल से संपर्क किया और उसे सारी कहानी सुनाई'

'जिस दिन उसने मुझे फोन किया, मुझे गीतिका का नाम अपने मोबाइल पर देखकर बहुत खुशी हुई, लेकिन वह बहुत परेशान लग रही थी; मैं उससे मिला और फिर पूरी कहानी समझ आई' ~स्नेहिल ने कहा

'हमने उसके खिलाफ और सबूत इकट्ठे किए; मैंने अपने परिवार को बताया और आखिरकार तलाक के लिए अर्जी दी'

'वह बहुत ही मुश्किल पल होगा आपके लिए ' मैंने गीतिका से कहा

'दिल टूटा और साथ ही उस पल मैं गुस्से और पछतावे से भर गयी' स्नेहिल ने गीतिका के कंधे पर हाथ रखा

'उस स्थिति से बाहर निकलने में इसे एक साल से अधिक का समय लगा' ~ स्नेहिल ने कहा

   'स्नेहिल हर परिस्थिति में मेरे साथ था और फिर अचानक एक दिन जब हम सब दोस्तों के साथ थे, तो मैंने उसे प्रपोज किया ' ~ स्नेहिल का हाथ अपने हाथ में लेकर गीतिका मुस्कुराई

वह क्षण था; वे एक-दूसरे की आंखों में देख रहे थे और मुझे ऐसा लग रहा था कि मैं कोई लाइव रोमांटिक फिल्म देख रहा हूँ।

'फिर हमने शादी कर ली और आज हम यहाँ हैं' ~ गीतिका ने कहा

'लेकिन ये दूसरा खलनायक 'एचआईवी' आपके जीवन में कैसे आया'? ~ मैंने पूछा

'यह उस बुरे सपने की छाया थी, जिससे हमने सोचा था कि हम छुटकारा पा चुके हैं' ~ स्नेहिल ने उत्तर दिया

'दरअसल, मानव एक सेक्स एडिक्ट था जिससे मैं अनजान थी; मैंने शादी से पहले और तलाक़ के बाद भी किसी तरह का कोई टेस्ट नहीं करवाया था, जो कि एक बहुत बड़ी भूल थी'

'और स्नेहिल के साथ शादी के बाद भी यह हमारे संज्ञान में नहीं आया कि हमें टेस्ट करवाना चाहिए'

'मैंने अपने तलाक के बाद एक छोटा सा व्यवसाय चलाना शुरू किया, और मुझे अभी बच्चा नहीं चाहिए था। मेरा व्यवसाय नया है और इसलिए मैं अपनी पूरी ऊर्जा और समय, सिर्फ अपने नए बिजनेज़ को देना चाहता था' ~ गीतिका ने समझाया

'इसलिए, मैंने और स्नेहिल ने बच्चा करने का फैसला, कुछ वक़्त के लिए स्थगित कर दिया। तलाक से पहले भी मैं, अपने ससुर को उनके पारिवारिक व्यवसाय में मदद कर रही थी। मानव ने सेक्स करते हुए कभी कंडोम का इस्तेमाल नहीं किया, और मैं गर्भ निरोधक गोलियां लेती थी' ~ गीतिका ने बताया

'लेकिन मैं वह व्यक्ति हूं जो गोलियों के खिलाफ है, क्योंकि यह लीवर को नुकसान पहुंचा सकता है। मैं हमेशा सुरक्षा का उपयोग करता हूं और सौभाग्य से उस सुरक्षा ने मुझे बचा लिया' ~ स्नेहिल

'जब मेरा टेस्ट हुआ और परिणाम पॉजिटिव आया, तो मैं अपराध बोध से भर गयी कि मेरी वजह से स्नेहिल को यह संक्रमण मिला होगा। लेकिन उसका टेस्ट का परिणाम नेगेटिव आया।' ~ गीतिका

'स्नेहिल, लेकिन जब आपको पता चला कि गीतिका एचआईवी संक्रमित है तो आपकी क्या प्रतिक्रिया थी' ~ मैंने पूछा

'मैं दुखी था, स्तब्ध था और लेकिन उस समय मैंने खुद को नियंत्रित

किया और सोचा कि अगर मैं गीतिका की जगह होता तो क्या होता। मुझे मेरे सारे जवाब मिल गए। मैं उससे प्यार करता हूं। वह मुझे प्यार करती है। और हम जीवन के हर पल में एक साथ हैं और रहेंगे, चाहे वह खुश हो या उदास। और यही शपथ हम दोनों ने शादी के समय ली थी' ~ स्नेहिल, गीतिका का हाथ थामे मुस्कुराया

स्नेहिल के कहे शब्दों से मैं पूरी तरह मंत्रमुग्ध हो गया 'मैं खुशनसीब हूं कि मेरे जीवन में स्नेहिल जैसा पति और दोस्त है। मेरे जीवन में, भगवान ने मुझे जो सबसे अच्छी चीज दी है, वह स्नेहिल है' ~ गीतिका ने स्नेहिल का हाथ चूमा

'यह बहुत बढ़िया, रोमांटिक और खूबसूरत है। भगवान आप दोनों को आशीर्वाद दे, मेरे लिए यह कहानी सबसे अच्छी और सच्ची प्रेम कहानी है। तुम दोनों एक साथ बहुत अच्छे लग रहे हो' ~ मेरी आँखों में आंसू थे और मैं भावुक हो रहा था

'हा हा राजन अब रोना नहीं' ~ स्नेहिल

'नहीं, नहीं, तो उस मानव का क्या हुआ?'

मैं उसे कोस ही रही थी, तब स्नेहिल ने कहा कि इंसानियत के लिए हमें मानव से मिल कर उसे ये बताना चाहिए ताकि वह अपना टेस्ट करवा सके और जल्द से जल्द इलाज शुरू कर सके।

'अरे वाह स्नेहिल!!...आप जैसे इंसान तो भगवान ने बनाना ही बंद कर दिए अब' मैंने कहा

'मैं आपसे पूरी तरह सहमत हूं राजन, मैंने जाते जाते मानव से कहा कि हो सके तो उन सभी लड़कियों को भी एचआईवी टेस्ट कराने के लिए बोल देना। वो शर्मिन्दा हो गया और नज़र तक नहीं मिला पाया। ' ~ गीतिका ने कहा

'चलो...बस हो गया...तो यह है हमारी कहानी। मुझे आशा है कि आपको वह मिल गया जो आप चाहते हैं। मुझे यकीन नहीं है कि इससे लोगों को क्या प्रेरणा मिलेगी' ~ स्नेहिल ने मुझसे पूछा

'हाँ हाँ। अब इसे हम सच्ची प्रेम कहानी कहते हैं और मुझे यकीन है कि आज के दौर के लव बड्स इससे प्रेरित होंगे और जान पाएंगे कि सच्चा प्यार क्या है' ~ मेरा जाने का समय हो गया था, मैंने और स्नेहिल ने एक

दूसरे को अपना फ़ोन नंबर दिया ;

'आपकी किताब के लिए शुभकामनाएं'

'धन्यवाद और मैं बहुत आभारी हूं कि आप लोगों ने मुझ पर भरोसा किया। मैं आपको निराश नहीं करूंगा... फिर मिलेंगे'

जैसे ही मैंने राहुल को कैफेटेरिया में प्रवेश करते देखा, मैंने दोनों से हाथ मिलाया और राहुल की तरफ भागा

'भाई, ये हस्पताल वाले, प्राइवेट लैब से टेस्ट कराने के लिए कह रहे हैं, वो टेस्ट यहाँ नहीं होते'

'ठीक है देखेंगे'

'ये तुम किसके साथ बैठे थे?'

'नए दोस्त'

'क्या तुमने आज फिर नए दोस्त बना लिए, अब मेरा क्या होगा!!' राहुल ने व्यंगय करते हुए कहा

'अरे हम तो *फॉरएवर* (हमेशा के लिए) फ्रेंड्स है न, अब घर चलो जल्दी'

12

हम धरती पर बोझ हैं? - निकेश और संभव की कहानी

'राहुल, क्या वह निकेश नहीं है?'

'कौन नितेश?'

'नीतेश नहीं, निकेश, वह हमारी क्लास में था, जिसने अचानक कॉलेज छोड़ दिया था'

'अरे हाँ वो लूजर.... कहीं वो मुझे यहाँ देख न ले, जाओ और उसका ध्यान भटकाओ'

'ठीक है'

ओह तो, यह निकेश हमारे कॉलेज का कोई अजीब लड़का था, या तो ये अकेला रहता था या कुछ लड़कियों के साथ। वह लड़कों से कभी ज्यादा मेलजोल नहीं रखता था। ऐसा लगता है कि वह हीन भावना का शिकार था। हालांकि वह बुद्धिमान था और कॉलेज की परीक्षाओं में शीर्ष स्थान पर रहता था, कुछ शिक्षकों का पसंदीदा छात्र भी था। केवल सिर्फ़ उसी कारण ही वह कक्षा में जाना जाता था। उसने अचानक कॉलेज छोड़ दिया और किसी को नहीं पता था कि क्यों। और सच मानिये किसी को कुछ

परवाह भी नहीं थी कि उसने कॉलेज क्यों छोड़ा।

'हैलो'

'अरे क्या हम एक दूसरे को जानते हैं?'

'तुम निकेश हो, है ना? हम एक ही कॉलेज और एक ही क्लास में थे'

'अरे हाँ, तुम वही हो ना जो वाद-विवाद और अन्य सांस्कृतिक गतिविधियों में भाग लेते थें, हमारी कक्षा से एकमात्र नामांकन'

'हाँ' ~ मैंने हँसते हुए जवाब दिया

'तो, तुम यहाँ कैसे आए?'

'अब तुमने मुझे इस विभाग में दवा के लिए कतार में खड़ा देखा है, मैं तुमसे झूठ नहीं कह सकता, लेकिन वादा करो कि तुम किसी को नहीं बताओगे'

'नहीं, नहीं, मैं क्यों?'

'मैं यहां अपनी और अपने साथी की दवाएं लेने आया हूँ'

'दवाइयाँ!! तुम्हारा मतलब है कि तुम....!!!.

'हां, मैं एचआईवी पॉजिटिव हूं'

'ओह! ऍम सॉरी टू हियर डैट' (मुझे खेद हुआ यह सुन कर)

'हम्म'

'वह कहाँ बैठीं हैं?'

'कौन'?

'तुम्हारी साथी'?'

'वहां है, लेकिन वह बैठी नहीं है, वह बैठा है'

'ओह, इसका मतलब है कि तुम...!

'हां, मैं समलैंगिक हूं और वह मेरा साथी है'

लानत है! कभी-कभी मुझे ऐसा लगता है कि मैं इस दुनिया में ही नहीं रहता और मुझे यहां-वहां कुछ भी हो रहा है, इसकी जानकारी ही नहीं रहती है। क्या मैं मुझमें ही खोया रहता हूँ? नहीं शायद, पता नहीं, मैं अस्पष्ट हूँ!?

'ओह ठीक है ! हेलो' ~ मैंने दूर से ही उसे हाथ हिलाते हुए अभिवादन किया

उसके साथी ने हमें घूरते हुए वापस से हाथ लहराया

'उसका नाम संभव है'

'क्या वह ठीक नहीं है, बहुत सुस्त दिख रहा है'

'हां, उसकी तबियत खराब है, इसीलिए कमज़ोरी महसूस कर रहा है '

'और उसकी वजह से और उसकी देखभाल करने के लिए तुमने कॉलेज छोड़ दिया?

'हम्म, आंशिक रूप से सच है, लेकिन उस समय वह स्वस्थ था, बाद में जब लक्षण दिखाई दिए तो हमने उसका परीक्षण कराया और पाया कि वह संक्रमित है।

'मैं बुरी तरह से डर गया था, जब उसने मुझे भी एचआईवी की जाँच करवाने को कहा। तुम जानते हो कि मैं कभी किसी परीक्षा में फेल नहीं हुआ'

'हाँ, लेकिन दुर्भाग्यवश तुम इस परीक्षा में... '

'हाँ, ये पहली परीक्षा थी जिसका रिजल्ट मैं 'पॉजिटिव' नहीं चाहता था' निकेश ने उदास हो कर कहा

निकेश काउंटर से दवा ले रहा था और मेरे पास राहुल का मैसेज आया

'अरे मैं टाइम पास करने के लिए काउंसलर के पास जा रहा हूं, तुम उससे जल्द से जल्द छुटकारा पाओ'

    'तो, यदि तुम यहां के सब काम निपटा चुके हो, तो क्या हम कैफेटेरिया जा कर कुछ चाय नाश्ता ले सकते है ?'

'मैं संभव से पूछता हूं, क्या वह ठीक महसूस कर रहा है?'

'अरे, यह राजन है, हम दोनों कॉलेज में साथ पढ़ते थे'

'हेलो संभव'

'हेलो'

'राजन हमें बाहर कैफेटेरिया में चाय नाश्ता कराने ले जा रहा है'

'हा हा हा' मैं निकेश की चतुराई पर हँसा क्यूंकि यह कर कर निकेश ने पक्का कर लिया कि नाश्ते का बिल मुझे ही चुकाना है

'मुझे भी कॉफ़ी पीने का मन हो रहा था, हम कॉफी या चाय पर कुछ बातचीत भी कर सकते हैं, लेकिन अगर आप ठीक महसूस कर रहे हों, तभी।

'हाँ, मैं ठीक हूँ, कॉफ़ी एक ऐसी चीज़ है जिसकी मुझे भी ज़रूरत है'~संभव

ने कहा

'वाह! तो चलते हैं'

मैंने राहुल को मैसेज किया कि वो थोड़ी देर बाद सीधे मुझे पार्किंग में मिले

'तो, राजन, तुम यहाँ कैसे आए'? संभव ने पूछा

'ओह, मैं किसी एनजीओ के साथ था, जो मुझे वास्तविक जीवन पर आधारित, सच्ची प्रेरणादायक कहानियों पर एक किताब लिखने में मदद कर रहा है' - मैंने झूठ बोला, और कुछ बहाना दिमाग में आया ही नहीं

'एचआईवी संक्रमित लोगों से प्रेरणा!!' ~ निकेश ने आश्चर्य जताया

'हाँ क्यों नहीं! आपकी कहानी भी आपके समुदाय के लोगों के लिए प्रेरणा बन सकती है'

'कैसे?'

'आप काफी लंबे समय से रिलेशनशिप (रिश्ते) में हैं, रिलेशन में आने के बाद, आप दोनों को पता चला कि आप लोग संक्रमित हैं और अभी भी साथ हैं और एक-दूसरे की देखभाल कर रहे हैं' आप देख सकते हैं आज के समय में विषमलैंगिक संबंध भी उतने मजबूत नहीं हैं। वे इतनी आसानी से टूट जाते हैं और छोटे-छोटे मुद्दों की मामूली तपिश भी नहीं झेल पाते और बिखर जाते हैं।' ~ मैंने समझाया

'हाँ तुम सही कह रहे हो, हमारे लिए साथ रहना आसान नहीं था, हमारे अपने परिवारों ने हमें छोड़ दिया है' ~ संभव

'ओह सच में !!' मुझे ये सुन के झटका लगा

'जब मैंने उन्हें अपने समलैंगिक होने के बारे में बताया, तो वो दुःखी हो गए और उन्होंने मुझे समलैंगिकता का इलाज़ करवाने को कहा, मेरे परिवार ने मुझसे पहले की तरह बात करना बंद कर दिया था, समय बीतता गया लेकिन उन्होंने मुझे मेरे अस्तित्व के साथ स्वीकार नहीं किया' ~ संभव ने बताया

'मेरे साथ भी कुछ ऐसा ही हुआ। जब मैं संभव के साथ रिलेशन में गया तो मैंने अपने परिवार को अपने और संभव के बारे में बताया, मेरे बड़े भाई ने मेरे माता-पिता के सामने मेरे चेहरे पर ज़ोरदार थप्पड़ तक मार दिया। उन्होंने कहा, मैं परिवार की प्रतिष्ठा पर काला धब्बा हूं।'

'यह बहुत दुर्भाग्यपूर्ण है‘ मैंने संवेदना व्यक्त की

'यह दुर्भाग्य हमारे जन्म के दिन से ही शुरू हो जाता है‘

'समाज में **समलैंगिक (Gay)** होना एक अभिशाप के समान है। बचपन से लेकर बड़े होने तक हमें जिंदगी के हर पड़ाव पर कितने ताने सुनने पड़ते हैं? आप अपने वास्तविक रूप में नहीं जी सकते, आप किसी को कुछ नहीं बता सकते। परिवार क्या कहेगा, समाज की क्या प्रतिक्रिया होगी? इन सवालों के डर से ही पूरा जीवन,अपमानजनक बातें सुनने में ही चला जाता है। परिवार से शुरू करके फिर स्कूल, कॉलेज और यहां तक कि अपने कार्यस्थल पर भी। कभी-कभी मुझे लगता है कि समलैंगिक होना घृणित है। भगवान हम जैसों को धरती पर भेजते ही क्यों हैं? जहां कोई हमारा सम्मान नहीं करता, कोई हमें स्वीकार नहीं करता‘

'शांत गदाधारी भीम शांत!!! संभव ने निकेश का गुस्सा शांत करने की कोशिश की

'तो, क्या आपके परिवारों को 'एचआईवी‘ के बारे में पता है?'

'हाँ, यह एचआईवी, हमारे अपने-अपने परिवारों के साथ हमारे प्यार भरे रिश्ते के ताबूत में आखिरी कील थी; जिस क्षण उन्हें यह पता चला, उन्होंने हमें घर से चले जाने और उनसे दूर रहने के लिए कहने में एक मिनट भी नहीं लगाया।

'उन्हें डर था कि वे भी हमारी वजह से एचआईवी से संक्रमित हो सकते हैं‘ फिर हमने अपने परिवारों से अपने रास्ते अलग कर लिए'

'ओह यार!! सो ट्रेजिक लव स्टोरी' (कितनी दुःखद प्रेम कहानी है)

'संभव की तबीयत के बारे में क्या?'

'डॉक्टर ने कहा कि घबराने की कोई बात नहीं है, स्वस्थ और पौष्टिक आहार लें, रोजाना व्यायाम करें, नियमित रूप से दवाई लें और तनाव न लें, सब ठीक हो जाएगा'

'ये तो एक राहत की बात है। लेकिन आपके साहस, आत्मविश्वास और एक दूसरे के साथ मजबूती से खड़े होने के लिए आप लोगो को मेरा प्रणाम। एक दूसरे के लिए आपका प्यार इतना मजबूत है कि यह लाइलाज वायरस भी इसे नहीं तोड़ सका। समाज में इतनी पाबंदियों के बाद भी, लोगों के इतने ताने सुनकर, अपनों ने आपका साथ छोड़

दिया, आप लोग मजबूती से एक दूसरे का हाथ थामे हुए हैं। निकेश और संभव, आपकी कहानी एलजीबीटीक्यू (LGBTQIA+)लोगों के लिए एक कसौटी (*benchmark*) साबित होगी।

'इन प्यारे शब्दों के लिए बहुत-बहुत धन्यवाद। इतने सुंदर और उत्साहवर्धक शब्द बहुत दिनों बाद सुनने को मिले और हमारा दिल खुशी से झूम उठा' ~ संभव

'हाँ, संभव बिलकुल सही कह रहा है'

'हम्म कूल !! मुझे अब जाना होगा, वह एनजीओ वाला मुझे बुला रहा है, अगर तुम बुरा मानो तो क्या मैं तुम्हारी कहानी को अपनी किताब में प्रकाशित कर सकता हूँ?'

'हाँ हाँ, यकीन नहीं होता कि हम किसी को प्रेरित कर सकते हैं, लेकिन हाँ हमें आपकी किताब में अपनी कहानी देखकर खुशी होगी'

'हा हा, ज़रूर, मैं बिल का भुगतान कर रहा हूँ, बाय'

'ओके बाय'

राहुल के दो मैसेज आ चुके है और वो मेरी जान ले लेगा, भाग राजन भाग!

13

कनाडा का सपना टूट गया - सुखविंदर की कहानी

'मैं बेहद उत्साहित था'

'मैं सातवें आसमान पर था और मैं रॉक स्टार की तरह महसूस कर रहा था'

'सभी कैमरे, मुझ पर थें, सब मेरी तस्वीर ले रहे थे'

'जैसे ही मैंने हॉल में प्रवेश किया, मेरे दोस्तों ने भांगड़ा शुरू कर दिया'

'आप जानते हैं कैसी होती हैं ये बड़ी पंजाबी शादियाँ'

'हाँ, मेरी शादी का दिन था, मेरी शादी कनाडा की एक खूबसूरत एनआरआई लड़की से हो रही थी'

यह सुखविंदर सिंह उर्फ़ 'सुखी' की कहानी है, जिनसे मैं सौरभ के साथ उनके एनजीओ में 'एचआईवी जागरूकता' पर एक सेमिनार में मिला था। संगोष्ठी के बाद, उन्होंने एक लंच का आयोजन किया, और वहाँ हमने बात करना शुरू किया।

'तो सुखी जी, कैसे हैं आप! नई नौकरी कैसी चल रही है?' ~ सौरभ ने सुखविंदर उर्फ सुखी से पूछा

'सब चंगा सी' (सब ठीक है) ~ वो हँसा और फिर हम दोनों भी हंसें

'यह एक नया काम है, काम अच्छा है, पिछले वाले की तुलना में मैं कम व्यस्त रहता हूँ ' ~ सुखी ने मुंह में खाना डालते हुए कहा

'सही है! और आपका स्वास्थ्य कैसा है? क्या आप समय पर दवा ले रहे हैं ना?'

'हाँ हाँ, बिल्कुल समय पर'

'तो.....अ अ ...आपको कैसे...अ अ ' ~ मैं सुखी से एक सवाल पूछना चाहता था लेकिन पूछ नहीं सका।

'मुझे यह एचआईवी कैसे हुआ? सुखी ने जैसे मेरे मन की बात जान ली

'हाँ'

'मेरी ज़िंदगी में बस यही एक पॉज़िटिव बात हुई ' और वो फिर से हँसने लगा और सौरभ ने भी अपनी हँसी उसकी हँसी में जोड़ दी

अरेंज मैरिज थी, मुझे वह लड़की पसंद आई, वह सुंदर थी'

'हम अपने हनीमून के लिए गोवा गए थे, हम वहां एक हफ्ते से ज्यादा रुके थे'

'वे मेरे जीवन के सबसे खुशी के दिन थे। सबसे खुशी की बात यह है कि न तो ऐसे दिन पहले आए और न कभी ऐसे दिन आएंगे'

'हम पंजाब में अपने गृहनगर वापस आ गए। वह एक महीने तक मेरे साथ रुकी और फिर वह इस वादे के साथ कनाडा चली गई कि वह मुझे वहां बुलाने के लिए जितनी जल्दी हो सके कागजी कार्रवाई पूरी कर लेगी।

'हम रोजाना वीडियो कॉन्फ्रेंस करते थे'

''मिस यू', 'लव यू' ये डायलॉग थे जो हर दो-तीन वाक्यों के बाद आते थे'

'वो एक वकील की मदद से मुझे जल्द से जल्द कनाडा ले जाने की कोशिश कर रही थी'

'और मैं यहां दूतावास के चक्कर भी लगा रहा था'

'फिर एक दिन मुझे दूतावास से फोन आया और मेरे साले साहब मेरे साथ वहां गए'

'मुझे पूरा यकीन था कि आज मुझे हरी झंडी मिल जाएगी'

'हम दोनों इंतजार कर रहे थे और एक प्रतिनिधि हमारे पास आया और

कहा 'सुखविंदर, मुझे खेद है, आप मेडिकल टेस्ट में फेल हो गए हैं। हमने दोबारा जांच की और पाया कि आप एचआईवी पॉजिटिव हैं।

'ये सुन कर मेरी आंखें और मुँह खुले के खुले रह गए'

'हां, वो पल मेरे लिए बहुत मुश्किल था और मैंने उस असहनीय दर्द को महसूस किया' ये कहते हुए सुखविंदर ने पानी का गिलास उठाया और तेज़ी से पीने लगा

'और सबसे दुर्भाग्यपूर्ण बात यह थी कि यह रहस्योद्घाटन उसके साले साहब के सामने हुआ' ~ सौरभ ने कहा

'मुझे लगा कि बस अभी धरती फट जाए और मैं उसमें समा जाऊँ। मैं ये सब बर्दाश्त नहीं कर पा रहा था और मैंने बाहर भागना शुरू कर दिया। मेरे साले साहब को मेरा इरादा समझ में आ गया था और वह चिल्लाया *"कोई फड़ो ओहनु, आत्म हत्या करन जा रेहया है"* (कोई उसे पकड़ ले, वह आत्महत्या करने जा रहा है)।

वो कुछ कर्मचारियों के साथ मेरे पीछे दौड़ रहे थे, बाहर के सुरक्षाकर्मियों ने मुझे पकड़ लिया। मैं जानता था कि मेरे साले साहब मुझसे बहुत नाराज़ थे और बहुत सारे सवाल पूछना चाहते थे। लेकिन उन्होंने ऐसा कुछ नहीं किया क्योंकि मेरी हालत शर्मिन्दगी के कारण कुछ भी जवाब देने की नहीं थी'

'फिर क्या हुआ' ~ मैंने उत्सुकतावश पूछा

'फिर, फिर झुमका गिरा रे.....' सुखी जोर से हँस पड़ा

सौरभ उनकी हंसी में शामिल हो गए और मैं भी अपनी हंसी का विरोध नहीं कर सका।

'तो फिर क्या भाई, वो मुझे घर ले गए और घर वापस जाते समय हम एक-दूसरे से एक शब्द भी नहीं कह सके। मैंने अपने परिवार को बताया और उन्होंने अपने परिवार को इस सब के बारे में बताया। मैंने अपनी पत्नी को फोन करने की कोशिश की; उसने फ़ोन नहीं उठाया। मुझे तलाक के कागजात मिले, मैंने उस पर हस्ताक्षर किए और अब मैं यहां हूं'

'क्या उसे भी संक्रमण हुआ था?' मैंने पूछा

'मुझे लगता है कि हाँ हुआ होगा , मुझे नहीं पता, उन्होंने मुझे कभी

नहीं बताया। इसके बारे में अब पूरा परिवार जानता है। शुरू-शुरू में मुझे बहुत शर्मिंदगी महसूस होती थी, मैं किसी से आँख मिलाकर बात भी नहीं कर पाता था। फिर मैं सौरभ से मिला और उन्होंने मेरा खोया हुआ आत्मविश्वास फिर से जगाया‘

सौरभ मुस्कुराया।

'आत्मविश्वास हमें जीवन के अनुभवों के लिए तैयार होने में मदद करता है। जब हम आश्वस्त होते हैं, तो हम लोगों और अवसरों के साथ आगे बढ़ने की अधिक संभावना रखते हैं — उनसे पीछे नहीं हटते। और अगर चीजें पहली बार में काम नहीं करती हैं, तो यही आत्मविश्वास हमें फिर से प्रयास करने में मदद करता है। जब आत्मविश्वास कम होता है तो इसका उल्टा होता है‘ ~ सौरभ ने ये कथन कहीं से उद्धृत किया।

सुखविंदर अभी एक प्रतिष्ठित फर्म में कार्यरत हैं। वह अपनी जिंदगी अपने तरीके से जीते हैं। वह खुश रहने की कोशिश नहीं करते लेकिन खुश रहतें है। उन्हें अच्छे कपड़े और जूते पहनना पसंद है। उन्हें नाइटक्लब और पार्टियों में जाना पसंद है। वह वीकेंड पर वहां जाते हैं और अपने दोस्तों के साथ खूब एन्जॉय करते हैं।

'जब आप दुःखों को अपना दोस्त बना लेते हैं और उनके साथ जीना सीख जाते हैं, तो वो दुःख आपको इतना दर्द नहीं देते‘

'एक व्यक्ति को बार-बार अपने दुःखों के बारे में सोचकर परेशान नहीं होना चाहिए। वे रूप बदलकर आपके जीवन में आते रहेंगे‘

'अब यह आप पर निर्भर करता है कि आप उन दुःखों से भयभीत होंगे या उनसे चतुराई से मित्रता करेंगे और उन्हें अपने जीवन से दूर करने का उपाय खोजेंगे। और अगर आप उन्हें मेरे मामले की तरह (जैसे एचआईवी) स्थायी रूप से नहीं हटा सकते हैं, तो उनसे डरना बंद करें और और जीतें रहे, ख़ुशी से‘ ~ सुखी ने समझाया।

14

जब श्रेया बनी संत - श्रेया की कहानी

'ओ एम जी! (*OMG - Oh My God*) - हे भगवान!!'

'क्या हुआ?'

'शीशे के केबिन में, काउंसलर के साथ बैठी लड़की को देखो'

'वह कौन है?'

श्रेया

'तुम्हारा मतलब है सेक्सी श्रेया'

'हाँ! सेक्सी श्रेया'

'बाप रे! बाप रे!! वह यहाँ क्या कर रही है?'

'मुझे लगता है कि वह भी पॉजिटिव है'

'तुम इतने आश्वस्त कैसे हो कि वह श्रेया है? उसका चेहरा पूरी तरह से ढका हुआ है, उसने चश्मा भी पहना हुआ है, यहाँ तक कि उसकी बाँहें भी ढकी हुई हैं और इसके अलावा उसकी पोशाक परम्परांगत है।

'ओह! *been there done that* ; (राहुल के इस अंग्रेजी कथन ने सब कुछ कह दिया , ये कठबोली किसी चीज या व्यक्ति के बारे में या उससे अधिक परिचित होने के पिछले अनुभव को व्यक्त करने के लिए उपयोग की जाती है)

'तुम्हारा मतलब है कि.....'

'हाँ' राहुल ने शेखी बघारी

'हे भगवान, और तुमने मुझे कभी बताया क्यों नहीं '

श्रेया कॉलेज की खूबसूरत और सेक्सी लड़कियों में से एक थीं। आप बस किसी भी नवीनतम ब्रांड का नाम दें और वो उसके पास होता था। वह बहुत अमीर भी थी लेकिन उसके दोस्तों का समूह अच्छा नहीं था। देर रात पार्टी करना, कॉलेज में कम उपस्थिति और पढ़ाई में कम कमज़ोर। उसे अलग-अलग लड़कों के साथ शानदार बड़ी कारों में कॉलेज से आते-जाते देखा गया था।

जब राहुल इधर-उधर छिपा हुआ था, मैंने श्रेया का पार्किंग तक पीछा किया।

'अरे श्रेया'

कार का दरवाजा खोलते हुए उसने मेरी तरफ देखा

'तुम कौन हो और सॉरी मैं श्रेया नहीं हूं'

'मैं...'

'तुम उसे बेवकूफ बना सकती हो लेकिन मुझे नहीं श्रेया' मेरी बात को काटते हुए, पीछे से, राहुल ने ज़ोर से कहा

'राहुल...। तुम!' श्रेया ने भौंचक्का होते हुए पूछा

मुझे ऐसा लग रहा था कि मैं कोई भारतीय डेली सोप/सीरियल देख रहा हूं, जिसमें मैं तीन बार बैकग्राउंड साउंड के साथ राहुल की ओर मुड़ रहा हूं।

और अगले 15 मिनट में हम तीनों पास के एक क्लब में बैठे थे।

आइए आपको बताते हैं कि उन 15 मिनट में क्या हुआ। श्रेया की कार में बैठे हुए, श्रेया और राहुल ने मुझे अतीत की उस कहानी के बारे में बताया जिससे मैं अनजान था।

श्रेया के पिता उस समय बहुत परेशान थे जब श्रेया, नाबालिगों को शराब परोसने वाले बार/क्लब में पुलिस की छापेमारी में फंस गई थी। श्रेया के पिता इतना गुस्सा हुए कि उन्होंने उसके सभी क्रेडिट/डेबिट कार्ड ब्लॉक कर दिए और वह सचमुच कैश-लेस भी हो गयी थी।

लेकिन श्रेया को अपने दोस्तों के साथ पार्टियों में जाने की लत थी। उसके दोस्त भी अमीर थे। लेकिन आपके दोस्त चाहे कितने भी अमीर

क्यों न हों, वो भी आपको कुछ समय के लिए ही सपोर्ट करते हैं। वो अमीर दोस्त भी कब तक श्रेया को उधार देंगे? तो एक दिन, उसकी सहेली ने उसे एक ऐसे लड़के से मिलवाया, जो उसे ग्राहक (*clients*) ला कर देता था। और बदले में वह कुछ कमीशन रखता था।

'ज़रा ठहरिये'

'पैसों के लिए (*paid*) सेक्स !! सचमुच!?!?'

'हाँ'

'मैं बहुत निराश थी और मेरे पास जिन्दा रहने तक के लिए पैसे नहीं थे'

'तुम पैसे कमाने के लिए कुछ पार्ट टाइम जॉब भी कर सकती थी... लेकिन पैसों के लिए सेक्स??' मैंने हैरान हो कर पूछा

'मैंने सोचा कि मेरे पिता नहीं चाहेंगे कि मैं ऐसे पार्ट टाइम जॉब जैसे छोटे काम करूं' अपनी बालों की एक लट को उँगलियों में मोड़ते हुए श्रेया ने कहा

'ओह! चल झूठी, कम से कम अब तो तुम ईमानदार बनो, सच बोलो ' ~ राहुल ने श्रेया को आइना दिखाया

'ठीक है, ठीक है!! मैं कोई नौकरी नहीं करना चाहती थी, इस रास्ते पर जाना आसान था, पैसा कमाना और अपना जीवन वैसे ही जीना जैसे आप चाहते थे।'

'मुझे पता है कि यह मेरे जीवन की सबसे बड़ी गलती थी और मैंने कठिन तरीके से सीखा, हालांकि, मैं अपनी ग़लतियों को स्वीकार करती हूँ लेकिन इन ग़लतियों के बारे में चिल्लाना जारी नहीं रख सकती। '

'हाय भगवान्!! और यह एचआईवी कैसे हुआ '?

'पहले तो मुझे एक हफ्ते में केवल एक ही क्लाइंट मिलता था, क्योंकि मैं ऐसा करने में बहुत असहज महसूस करती थी, लेकिन फिर मुझे अच्छे पैसे मिलने लगे, क्लाइंट्स बढ़े, हफ्ते में दो, और फिर हर दिन एक। और मुझे लगता है कि मुझे एचआईवी, ऐसे मिला होगा'

'मैं कभी सोच भी नहीं सकता कि तुम ये सब कर सकती हो'

'जब मैंने पहली बार किया, तो मैं खुद को आईने में नहीं देख सकी। लेकिन जब आदतें लत बन जाती हैं तो उनसे छुटकारा पाना बहुत मुश्किल हो जाता है। सिर्फ एक घंटे में 5-10 हजार रुपए मिल जाएं तो

लालच आपके मन को घर बना लेता है'

'सच कहा'

'तो, इस तरह से तुम एक फूहड़ (*sl***) बन गई'

'चुप रहो राहुल' मैंने राहुल को डांटा'

मैं राहुल से पूछना चाहता था कि वह श्रेया के बारे में सब कैसे जानता है। तो यहाँ 15 मिनट समाप्त होते हैं। एक बार(*bar*) में ठंडी बियर की चुस्की लेने के बाद, राहुल ने श्रेया के साथ कहानी के अपने हिस्से की शुरुआत की।

'एक अँधेरी रात थी, श्रेया एक होटल के बाहर सड़क पर अपनी कैब का इंतज़ार कर रही थी और मैं भी उसी रास्ते जा रहा था, मैंने उसे देखा और पूछा कि क्या उसे लिफ्ट की ज़रूरत है'

'मैं नशे में थी और घर नहीं जा सकता थी और मेरी दोस्त फोन नहीं उठा रही थी। इसलिए, राहुल मुझे अपने जिम में ले गया ' ~ श्रेया ने बात को आगे बढ़ाया

'लेकिन जिम में ही क्यूँ? मैंने पूछा

'तो क्या इस पियक्कड़ को अपने घर ले कर जाता?' राहुल ने श्रेया की तरफ देखते हुए पूछा, और वो दोनों हँस पड़े

'वहाँ हमने रात बिताई और वह सुबह चली गई' राहुल ने निष्कर्ष निकाला

'ओह तो "*been there done that*" का मतलब ये था?' मैंने राहुल से पूछा राहुल ने एक अजीब सी मुस्कान दी। श्रेया भी मुस्कुराई।

'तो, क्या यह संभव है कि श्रेया ने राहुल को संक्रमित किया हो?'~मैंने पूछा

'बिल्कुल मुमकिन है' राहुल ने कहा 'लेकिन इसके लिए मैं श्रेया को ही दोषी नहीं ठहराता' मैंने भी बिना सुरक्षा के साथ कई बार सेक्स किया है तो कुछ भी हो सकता है'

'देखो राजन, हम दोनों ने ग़लतियाँ की हैं और उसकी सज़ा भी भुगत रहें हैं। लेकिन हम दोनों ऐसे व्यक्ति हैं जो एक झटके की वजह से, अपनी बची हुई ज़िन्दगी को ख़राब नहीं कर सकते। ' ~ श्रेया ने ग्लास टेबल पर रखते हुए आह भरी

'ओह सच में, श्रेया!! आपका दोस्त राहुल यह जानकर आत्महत्या (सुसाइड) करने जा रहा था कि वह पॉजिटिव है।

'राहुल सच में ?? कह दो ये झूठ है !!' श्रेया ने ड्रामा करते हुए राहुल से पूछा

'हाँ, यह सच है श्रेया, लेकिन फिर मैंने राजन को फोन किया और उसने मुझे बचा लिया'

'ओह(awww!) बहुत अच्छे राजन!'

'तो क्या तुम्हारे परिवार को इस बारे में पता है, श्रेया? मैंने श्रेया से पूछा

'बस मेरी माँ! जैसे ही उन्हें पता चला, उन्होंने मेरे चेहरे पर जोरदार तमाचा मारा और फिर रोने लगी। मैंने उन्हें समझा दिया कि एचआईवी क्या है, यह कोई बीमारी नहीं है। एड्स अलग है। शुरुआत में वह मेरे साथ अस्पताल में आई, मैंने उसे काउंसलर और एनजीओ की किसी महिला से मिलवाया। अब वह मस्त है।'

'मैंने राहुल की तरफ देखा'

राहुल समझ गया कि मैं भी चाहता था कि वह अपनी मां को सब कुछ बताए। लेकिन राहुल ने मेरी बात को नज़रअंदाज़ कर दिया।

'मैं एनजीओ में शामिल होने और लोगों की मदद करने, उन्हें एचआईवी, एसटीडी और अन्य संबंधित चीजों के बारे में जागरूक करने के बारे में सोच रही हूं। मैं उनके सेमिनार्स में भी शामिल हो रही हूं और उनकी पाठ्य सामग्री भी पढ़ रही हूं।'

'ओह! यह बहुत अच्छा है, श्रेया!

'हाँ, मुझे नहीं पता कि मेरे पास और कितना जीवन बचा है, लेकिन मेरे पास जो कुछ भी है, मैं समाज सेवा में निवेश करना चाहती हूँ। मैंने अपनी सभी ब्रांडेड चीजें ऑनलाइन बेच दीं क्योंकि मुझे उनसे एचआईवी के अलावा कुछ नहीं मिला।'

'तो, एक फूहड़ श्रेया अब संत बन गयी है(so *a sinner has become saint*)?' राहुल ने व्यंग्यात्मक ढंग से सवाल किया

'(*shut up Rahul!*) चुप रहो राहुल !!' श्रेया और मैं एक साथ चिल्लाए

इंसान कई बार अपनी ज़िन्दगी में, कठिन हालातों के चलते, ऐसे कदम उठा लेता है , जिनको वापस ले पाना बहुत मुश्किल हो जाता है।

ऐसी गलतियाँ जिनके लिए आप शर्मिंदा तो होते है, लेकिन ज़िन्दगी और किस्मत आपको माफ़ नहीं करती। तो ऐसी परिस्तिथि में क्या किया जाए? क्या ज़िंदगी के उसी मोड़ पर रुक कर, अपने आप को कोसते हुए, ग्लानि में, बची कुची ज़िंदगी निकाल दी जाए या उन गलतियों से सीख ले कर, औरों को ऐसी गलतियाँ करने से रोका जाए? या फिर और लोग जो इस मझधार में फंसे हैं, उन्हें वहां से बहार निकलने की कोशिश की जाए और उन्हें मार्गदर्शन दिया जाए? शायद श्रेया यही करना चाहती है जो सही भी है।

श्रेया ने वापस हमें हॉस्पिटल की पार्किंग तक छोड़ा, जहाँ राहुल की बाइक खड़ी थी। 'जल्द मिलेंगे' का वादा कर के, श्रेया अपने और हम दोनों अपने अपने घरों को लौट आये।

15

एक ही ऑटो की दो सवारी - रिज़वान की कहानी

'क्या बकवास है!'

'इसे क्या हुआ है?'

'इसे?'

'मेरा मतलब है' इन्हें '

'मुझे नहीं पता, डॉक्टर को दिखाने की जरूरत है'

'तुम्हारा मतलब मैकेनिक'

राहुल मुझ पर फिर से गुर्राता है।

हम बात कर रहे थे राहुल की मोटरसाइकिल की। वह एक गर्ल फ्रेंड की तरह अपनी बाइक से बहुत प्यार करता हैं। वह उसे कभी 'इसे' नहीं बल्कि 'इन्हे' कहता है। जैसे ही वह 'इस' पर सवारी करता है ... क्षमा करें 'इन पर'।

'अरे हमें अस्पताल के लिए देर हो रही है, आज तुम्हे फिर से रक्त परीक्षण के लिए जाना है'

'हम इन्हें (मोटरसाइकिल को) इस तरह नहीं छोड़ सकते'

'ओह, चलो राहुल, तुम इन्हें अभी पार्क कर सकते हो, और हम बाहर से ऑटो ले सकते हैं, चलो जल्दी करो!'

राहुल ने अपनी ड्रीम बाइक पाने के लिए सचमुच कड़ी मेहनत की है और यह केवल राहुल और भगवान ही जानते हैं।

'अरे बोला तो था तुमको कि आठ बजे पहुँच जाऊंगा', तुम भी वहां आ जाओ' ~ ऑटो चालक फोन पर किसी से बात कर रहा था

राहुल आज अच्छे मूड में नहीं था, उसने सचमुच ऑटो वाले भैया को लताड़ा, 'भैया, फोन छोड़ो और ऑटो चलाओ ध्यान से' क्या तुम्हारी दोस्त, थोड़ी देर इंतजार नहीं कर सकती'

'भैया जी, हमारी गर्लफ्रेंड नहीं है, बीवी है' हमसे मिलने आ रही है' ऑटो ड्राइवर ने जवाब दिया

'अरे ऑटो चलाओ भैया'

'शांत हो जाओ राहुल' हम तुम्हारी बाइक को सर्विस स्टेशन, मेरा मतलब है 'डॉक्टर' के पास ले जायेंगे। चिंता मत करो, मैं तुम्हारे साथ चलूँगा' मैंने उसके कंधे पर हाथ रखते हुए यह कहा।

अगले 20 मिनट में मैं बेंच पर बैठकर अपने फोन पर वीडियो देख रहा था और राहुल की प्रतीक्षा कर रहा था जो रक्त परीक्षण के लिए प्रवेश पर्ची लेने के लिए कतार में था।

'वह ऑटो चालक भी कतार में है' ~ राहुल से मुझे व्हाट्सएप नोटिफिकेशन आता है।

'ओह ऍफ़ (f***)'

'लगता है उसने मुझे पहचान लिया है और वह मुझे घूर रहा है'

'मैं क्या करूँ राहुल ?'

'मुझे नहीं पता। क्या होगा अगर वह हमारे आस-पास के इलाके में रहता हो और अन्य लोगों को मेरे बारे में बता दे'

'वह नहीं करेगा, क्योंकि तुम दोनों एक ही नाव में नौकायन कर रहे हो... मेरा मतलब है 'एक ही ऑटो में सवार हो'... !

'राजन, सच में !! क्या यह समय इन घटिया चुटकलों का है?'

मैं अपनी हंसी को नियंत्रित नहीं कर सका। लेकिन स्थिति वाकई गंभीर थी। क्या होगा अगर वह राहुल को पहचान लेता है और इलाके के

सभी ऑटो चालकों, कामगारों और मजदूरों को बता देगा तो और इस तरह राहुल बेनकाब हो सकता है।

तभी मैंने देखा कि ऑटो चालक राहुल के पास जा रहा था।

'क्या बकवास है!! राहुल अब नहीं बचेगा'

मैं उसके पास दौड़ा।

'भैया जी आप वही हो ना, जो अभी हमारे ऑटो में आए' ~ ऑटो चालक ने राहुल से पुष्टि की

राहुल ने एक शब्द भी नहीं कहा और वह मुझे देख रहा था। हालांकि राहुल ने मास्क पहन रखा था।

'ये मेरी बीवी है, बुशरा और मेरा नाम रिज़वान है'

'ओके भैया, आप यहाँ कैसे' मैंने पूछा

'अरे कैसी बात पूछ रहे हैं आप भैया जी, यहाँ तो सब एक ही बीमरी के लिए आते हैं ना। आपको भी तो वही होगी'

नहीं नहीं भैया, मुझे नहीं है' मैंने घबरा कर दो कदम पीछे लेते हुए कहा

'और यहां खड़े होने का मतलब हमेशा ये नहीं है की आप भी संक्रमित हैं' मैंने रिज़वान को समझाया

'सही कह रहे हैं, भाई जान' बुशरा ने मेरी बात पर सहमति जताई

'तू चुप कर...' रिज़वान ने उसे डांटा

'हाँ वो तो है भाई जी, लेकिन आपका दोस्त क्यों लाइन में खड़ा है?' रिज़वान की शक़ की सुई फिर से राहुल की तरफ घूमी

'भैया मुझे एक प्रतियोगिता में भाग लेने के लिए टेस्ट कराने हैं, यहाँ टेस्ट फ्री होते हैं तो इसिलिए मैं लाइन में खड़ा हूँ' ~राहुल रिजवान को जवाब देने के लिए तेजी से बीच में कूद पड़ा

'हाँ हाँ ' मैंने भी राहुल की हाँ में हाँ मिलाई

'अच्छा भैया'

ऐसा लगता है कि रिज़वान, राहुल के जवाब से सहमत था।

लेकिन झूठ को आप कितना भी छुपा लें, वह ज्यादा देर तक छुपा नहीं रह सकता। यह एक बड़ा संयोग था कि राहुल और रिजवान दोनों को 'टी बी' की दवा एक ही दिन और एक ही समय पर मिली। हाँ, उन्होंने उस दिन राहुल की तपेदिक रोकथाम की दवाएँ शुरू कर दी थीं। राहुल ने

जैसे ही काउंटर से दवाई ली, ऑटो चालक को पीछे खड़ा देखकर वह चौंक गया।

'मुझे तो पहले से ही पता था भैया जी, 'तुम्हारा तो बड़े वाला *LOL* हो गया' रिज़वान हंस पड़ा और हम दोनों शर्मिंदा हो गए। हम दोनों बिना कुछ कहे ही वहाँ से निकल पड़े।

आइये भैया जी, घर छोड़ दू ..घबराइए नहीं मैं किसी को कुछ नहीं बताउंगा' रिज़वान ऑटो में बैठकर चिल्लाया, जब हम सड़क पर ऑटो का इंतजार कर रहे थे तो

मैंने राहुल की तरफ देखा।

'अब पछताए होत क्या, जब चिड़िया चुग गयी खेत '? राहुल ने इस स्थिति पर एक मुहावरा बोला, और हम ऑटो में बैठ गए।

'आपको ये सब कैसे हुआ भैया ?? क्या आपकी बीवी को भी है?'

इससे पहले कि रिज़वान हमसे और सवाल पूछें, मैंने सवालों की सुई उसकी तरफ कर दी। राहुल किसी भी तरह की बात करने के मूड में नहीं था।

'मैं एक ऑटो ड्राइवर हूं और घर पर हमारा पैकिंग का काम है, हम मियाँ बीवी वो ही काम करते हैं'

उसने हमें बताया कि वह शादी से पहले से ही ऑटो चला रहा है क्योंकि उसके पिता भी एक ऑटो ड्राइवर थे। क्यूंकि वह रात में ऑटो चलाता था, इसलिए उसका, ट्रांसजेंडर, वेश्याओं और समलैंगिकों से मिलना हो जाता था। उसने, उनमें से कुछ के साथ शारीरिक सम्बन्ध बनाये और वह भी बिना किसी सुरक्षा के।

'अब क्या बतायें साहब, सेक्स चीज ही ऐसी है, उस पर जवानी के दिन थे, कंट्रोल नहीं हो पाता था, तो जो मिला पेल दिया'

ऑटो वाले भैया की ऐसी बातें सुन कर मैं और राहुल एक-दूसरे को देख कर हँसने लगे, किसी तरह हंसी को काबू किया

'तो, बुशरा आपसे संक्रमित हुई?' मैंने पूछा

'भैया, अब इस एचआईवी का पता एक बार में तो नहीं चलता, निक़ाह हो चुका था, तो अब बुशरा भी मेरे साथ ही दवा लेती है'

मैंने रिज़वान से पूछा कि क्या उसे कभी अपने किए पर पछतावा हुआ।

उसने नम्रता से उत्तर दिया 'ख़ुदा ने शायद मुझे मेरी गलतियों की सज़ा दी है, लेकिन दुःख इस बात का है कि उन्होंने बुशरा को भी सज़ा दी' 'जब बुशरा को यह सब पता चला तो वह मुझे छोड़ सकती थीं, लेकिन उसने कहा कि हमने लव मैरिज की है और हमारा प्यार इतना कमजोर नहीं हो सकता कि एक छोटा सा वायरस इसे तोड़ सके' रिज़वान ने भावुक होते हुए और बुशरा पर गर्व करते हुए कहा।

बस बस भैया, यहाँ बाएं ही रोक दीजिये, हाँ, कितना हुआ? राहुल ने अचानक से कहा

'और हाँ भैया, आप किसी को......'

'हा हा, मैं किसी से कुछ नहीं कहूंगा, आप चिंता ना करे' मेरी बात बीच में काटते हुए रिज़वान ने कहा

'धन्यवाद'

'अच्छा इंसान था'

'सचमुच!!?'

'उसने कहा कि वह किसी को नहीं बताएगा, राहुल'

'नहीं नहीं, वो नहीं'

'फिर क्या'

'क्या होता अगर रिजवान को बुशरा से संक्रमण हुआ होता तो? तो क्या वो भी उसकी तरह ही रिश्ते को संभाल रहा होता ?? तुम्हें यह सवाल उससे पूछना चाहिए था'

'शायद नहीं। शायद हाँ। कुछ कह नहीं सकते। लेकिन तुम्हें स्नेहिल और गीतिका तो याद हैं ना'

'हम्म'

'इस कहानी से क्या प्रेरणा मिलती है?' राहुल ने व्यंग्य में पूछा। 'क्योंकि यहाँ कोई प्रेरणा थी ही नहीं

'प्रेरणा नहीं बल्कि एक मजबूत संदेश है कि अपनी भावनाओं और ऊर्जा को बर्बाद करने से पहले उन्हें नियंत्रित करना सीखें। अपनी इंद्रियों को नियंत्रण में रखना बहुत जरूरी है। यदि आप बेकाबू हो जाते हैं और आप

उस ऊर्जा को सही दिशा में निर्देशित नहीं कर पाते हैं, तो आप बर्बाद हो सकते हैं। और यह अपव्यय केवल आप तक ही सीमित नहीं रहेगा, बल्कि यह आपके प्रियजनों को भी प्रभावित करेगा।

'वाह मेरे दोस्त, एक दिन बड़े वाले बनोगे'

'क्या'

'लेखक यार' और ये कहते हुए राहुल ज़ोर ज़ोर से हँसने लगा कि तभी एक आवाज़ आई

'जय और वीरू की ये जोड़ी कहां से आ रही है? राहुल की माँ ने बालकनी से पूछा

'जॉगिंग मॉम, राजन का वजन बढ़ रहा है, तो मैंने सोचा कि इसे सुबह सुबह पार्क में भगाते हैं'

'एफ *** ऑफ(फ*** ऑफ) मैंने राहुल के पिछवाड़े पे लात मारी और वो हँसते हँसते अपने घर को चला गया'

16

हर माँ अलौकिक होती है

आपने सुपर हीरो और अलौकिक मानवों (Supernatural) के बारे में सुना होगा, उनके पास सुपर हियरिंग, तेज़ दृष्टि, तेज उपचार, गंध सूंघने की विशेष शक्तियां होतीं हैं, कुछ जादू भी करते हैं आदि, और वे एक ही पल में बहु कार्य भी करते हैं। कभी-कभी मुझे लगता है कि भगवान ने विशेष शक्तियों के साथ हमारी माताओं को बनाया है और वह असली सुपर नेचुरल हैं।

राहुल की नई जिंदगी को अब दो साल पूरे होने वाले थे। जब भी वह अस्पताल जाता है, मैं उसके साथ जाता हूँ। उसकी बहुत सीमित मित्र मंडली में, मैं अकेला था जो राहुल के बारे में सब कुछ जानता था। लेकिन फिर शहर छोड़ने का समय आ गया था क्योंकि मुझे अपनी नौकरी के लिए नियुक्ति पत्र मिल गया था। उस समय राहुल ने भी अपना व्यायामशाला और व्यक्तिगत प्रशिक्षण व्यवसाय बहुत अच्छी तरह से स्थापित कर लिया था। पिछले एक साल के दौरान अलग-अलग मौकों पर मैंने राहुल को समझाने की कोशिश की कि वह अपना राज अपनी मां को बताए। लेकिन वह हमेशा उस विषय से बचता रहा।

राहुल एक ऐसा व्यक्ति है जिसे लक्ष्य प्राप्त करने, कार्य को पूरा करने या अपने जीवन में सकारात्मक रूप से आगे बढ़ने के लिए अलग-

अलग अंतराल पर प्रोत्साहन और प्रेरणा की आवश्यकता होती है। एचआईवी के रहस्योद्घाटन ने उसके दिल, दिमाग और आत्मा को झकझोर कर रख दिया था। लेकिन अब वह पूरी तरह से बदला हुआ और एक समझदार युवक बन गया था। हालांकि, उसके बारे में चिंतित होकर जब मैंने 'माँ को बताएं' विषय पर पुन: चर्चा की, तो उसने इस बार मुझे चौंकाते हुए 'हां' कह दिया।

'माँ, मैं आपसे कुछ कहना चाहता हूँ'

'हाँ, कहो बेटा, ऑफिस जाने से पहले मेरे पास कुछ वक्त है'

' अ अ कोई बात नहीं, जब आप शाम को वापस आएँगी तो हम इस पर चर्चा कर सकते हैं'

'नहीं नहीं, मेरे पास दुनिया का हर वक्त है तुम्हारे लिए'

'बड़ी बात है माँ, मैं तुमसे कहना चाहता था पर हिम्मत नहीं जुटा पाया'

'ओह! क्या कोई लड़की है जिससे तुम मुझे मिलवाना चाहते हो?' ~ माँ हंसती है।

'मां नहीं! लड़की नहीं!'

'बाप रे! तो एक लड़का? तुम समलैंगिक हो? ... चिंता मत करो बेटा, मैं एलजीबीटी का समर्थन करती हूं, मैं दूसरी माँओं की तरह नहीं हूं'

'अरे माँ, क्या बोल रही हो आप, मैं नार्मल हूं'

माँ हँसी और राहुल को निहारने लगी।

'क्या!!'

'मैं तुम्हारा बड़ा राज़ जानती हूँ बेटा... तुम एचआईवी पॉज़िटिव हो'

राहुल अपनी माँ से अपने रहस्य को सुनकर सचमुच चौंक गया था

'आपको कैसे मालूम?'

'मैं तुम्हारी माँ हूँ, और माँएँ सब कुछ जानती हैं। तुम्हारा बदला हुआ व्यवहार, नई आदतें अपनाना, कोई पार्टी नहीं, कोई लड़की नहीं, सीमित दोस्त, घर में हमेशा गंभीर रहते हो और इसके अलावा तुम अब अपने दराज़ /अलमारी भी लॉक करके रखने लगे हो। तुमने क्या सोचा, तुम्हारी माँ ने यह सब नोटिस नहीं किया होगा?'

'तो तुम क्या हो ? जेम्स बांड या कोई सुपर नेचुरल!?' राहुल ने हैरान होते हुए पूछा

'वो सफाई करने आती है ना बिमला, उसको सफाई के दौरान तुम्हारे कमरे के कूड़ेदान में एक दवा का डिब्बा मिला, मैंने उसे देखा और इंटरनेट पर खोजबीन की। इस तरह मुझे पता चला कि ये एचआईवी की दवाएं हैं।

'ओह!' मैं जल्दी में था और गलती से उस खाली बॉक्स को अलमारी में रखने की बजाय कूड़ेदान में फेंक दिया '

'ऐसी बात नहीं है, लेकिन बेटा ये तो गम्भीर है, तुम पढ़े-लिखे हो और तुम कैसे एचआईवी पॉज़िटिव हो गए'

'माँ, मुझे अभी जाना है और मैं इस बारे में और बात नहीं कर सकता'

'मैं समझ सकती हूं बेटा कि तुम पर क्या बीत रही होगी, लेकिन मैं तुम्हारी माँ हूं, तुम इसे मेरे साथ साँझा कर सकते थे'

'माँ, मुझे अपने आप पर शर्म आ रही थी। मैंने ... आत्महत्या करने के बारे में भी सोचा। लेकिन मैंने राजन को फोन किया और उसने मुझे बचा लिया, उस मुश्किल समय से निकलने में उसने मेरी बहुत मदद की'

'वह एक अच्छा लड़का है, भगवान उसे आशीर्वाद दे'

राहुल मुझे अपनी माँ से हुई अपनी बातचीत बता रहा था, और बताते बताते अचानक से चुप हो गया ।

'माँ ने मेरे बारे में और क्या कहा' मैंने पूछा

'कुछ नहीं, बस इतना ही बोला' और फिर वह हँसा।

'बता ना यार, आंटी ने मेरे बारे में और क्या कहा'

'कैसा मरा जा रहा है अपनी तारीफ सुनने को'

'रहने दे'

'माँ ने कहा ऐसे दोस्त सौभाग्य से ही मिलते हैं'

'हाँ और तुम बहुत सौभाग्यशाली हो जो तुम्हे मेरे जैसा दोस्त मिला'

'हाँ'

'माँ को बताना जितना मुश्किल लग रहा था, ये उतना ही आसान निकला। ऐसा लगता है कि मेरे दिल और दिमाग से एक भारी बोझ उतर गया है और मैं अब मुक्त हूं'

'मैं समझता हूं, इसलिए अब मैं चला भी जाऊं, तो तुम्हारा ख्याल रखने के लिए और एचआईवी से सम्बंधित बात करने के लिए तुम्हारी माँ

तुम्हारे साथ होगी'

'हाँ'

'लेकिन माँ के साथ बातचीत कैसे समाप्त हुई?'

'माँ ने कहा कि उन्होंने इसके बारे में पढ़ा, वो खुद भी एक काउंसलर के पास गईं, और उन्हें एचआईवी के बारे में जितने भी संदेह थे, वो अब उन पर स्पष्ट हैं'

'यह अच्छा है!'

हम दोनों मुस्कुराए और इस तरह खुशी, स्वतंत्रता और सम्पन्नता के भाव के साथ दिन का अंत हुआ।

एच आई वी के साथ २०३० में विश्व

सौरभ के NGO ने एक संगोष्ठी आयोजित की, जिसमे UNICEF की एक रिपोर्ट का अध्ययन कर उसके बारे में सबको समझाया गया। यूनिसेफ की रिपोर्ट के अनुसार 'उप-सहारा अफ्रीका', एचआईवी और एड्स का केंद्र है। आंकड़ों और शोध से पता चला कि 2.78 मिलियन बच्चे और किशोर, एचआईवी के साथ जी रहे थे, उनमें से लगभग 88 प्रतिशत उप-सहारा अफ्रीका में थे।

2020 में, दुनिया भर में एचआईवी के साथ रहने वाले अनुमानित 38.0 मिलियन लोगों में से, अनुमानित 2.78 मिलियन 0-19 वर्ष की आयु के बच्चे और किशोर थे। उसी वर्ष, 300,000 नए बच्चे और किशोर एचआईवी से संक्रमित हुए और 120,000 बच्चे और किशोर एड्स से संबंधित कारणों से मर गए।

2020 में हर दिन, 0-19 वर्ष की आयु के लगभग 850 बच्चे एचआईवी से संक्रमित हो गए और 0-19 वर्ष की आयु के लगभग 330 बच्चे मुख्य रूप से उच्च गुणवत्ता वाली एचआईवी रोकथाम, देखभाल और उपचार सेवाओं तक अपर्याप्त पहुंच के कारण, एड्स से संबंधित कारणों से मर गए।

<u>2030 में विश्व</u>

- डेटा कहता है, यहां तक कि सफलता के साथ, एचआईवी के साथ रहने वाले बच्चों और किशोरों की एक बड़ी आबादी को 2030 के बाद भी सेवाओं तक पहुंच की आवश्यकता होगी।
- 1.9 मिलियन बच्चों और किशोरों के एचआईवी के साथ जीने का अनुमान है
- 270,000 बच्चों और किशोरों के सालाना वायरस से संक्रमित होने का अनुमान है
- हर साल 56,000 बच्चों और किशोरों के एड्स से संबंधित कारणों से मरने का अनुमान है

• यदि वैश्विक लक्ष्य पूरे हो जाते हैं तो 2018 और 2030 के बीच 2.0 मिलियन नए एचआईवी संक्रमणों को टाला जा सकता है - इनमें से 1.5 मिलियन किशोरों में संक्रमण को रोका जा सकता है

<u>यूनिसेफ की भविष्यवाणी</u>

एचआईवी की रोकथाम, परीक्षण और उपचार कार्यक्रमों में अतिरिक्त निवेश के बिना, 2018 और 2030 के बीच, 360,000 किशोरों के एड्स से संबंधित बीमारियों से मरने का अनुमान है। ~स्रोत:- *UNICEF.org*

ग़लतियों को स्वीकार करें, सीखें और आगे बढ़ें

इन सभी कहानियों को पढ़कर यदि किसी को साहस मिले और वह मुसीबतों से न डरे, बल्कि उसका डटकर मुकाबला करे, तो मेरे लिए यह पुस्तक लिखना सार्थक होगा। जिन पर ये मुसीबतें आई हैं, जो उन मुसीबतों से लड़कर जीवन में आगे बढ़े हैं और जो लोग हर दिन तरह-तरह की मुसीबतों से लड़ते हैं, वही लोग दूसरों को हिम्मत दे सकते हैं।

चाहे वह 18 वर्षीय 'अजय' हो, जिसके भाग्य में उसके जन्म से पहले ही एचआईवी लिखा दिया गया हो या वह 45 वर्षीय सुजाता जो यह भी नहीं जानती कि उसके साथ वो जघन्य काम किसने किया और उसे एचआईवी कैसे हुआ, या सुखविंदर जिसको अपने एचआईवी पॉजिटिव होने का पता अपने ससुराल वालों के सामने चला, या स्नेहिल जो अपनी पत्नी गीतिका को यह जानकर भी प्यार करता है कि वह एचआईवी पॉजिटिव है, या निकेश और संभव जो न केवल अपने परिवारों के साथ लड़े, समाज से और फिर एचआईवी से भी, राभी ने अपनी समस्याओं का समाधान अपने-अपने तरीके से खोजा है।

और हाँ, मैं इस किताब के मुख्य नायक, मेरे दोस्त राहुल को कैसे भूल सकता हूँ, जिनकी चमचमाती ग्लैमरस लाइफ को एचआईवी ने ब्रेक लगा दी। लेकिन फिर उन्होंने अपनी ग़लतियों को स्वीकार किया और उनसे सीख ली। राहुल का मानना है कि अब उन्हें समस्याओं के साथ नहीं बल्कि समाधान के साथ जीना है। वो अब ज्यादा जिम्मेदार हो गए हैं और जिंदगी को गंभीरता से लेने लगे हैं। अब वो जानते हैं कि उनके जीवन की कीमत क्या है और वो इसका एक सेकंड भी बर्बाद नहीं करना चाहते।

जीवन का अर्थ रुकना नहीं, बस चलते रहना है। मृत्यु अवश्यंभावी है इसलिए जीवन के हर पल को भरपूर तरीके से जीने की कोशिश करें। क्योंकि आपके आपकी रगों में खून के साथ एक वायरस भी बह रहा है, इसीलिए हताश हो कर मत बैठ जाओ। हाँ माना, आप इसे नष्ट नहीं कर सकते लेकिन आप इसे नियंत्रित कर सकते हैं और लंबे समय

तक स्वस्थ जीवन जी सकते हैं। एचआईवी से संक्रमित होने से जीवन समाप्त नहीं होता है, आकांक्षाएँ समाप्त नहीं होती हैं, जीवन में कुछ पाने और कुछ बनने की इच्छा नहीं मिट जाती। अपने सपनों को पूरा कीजिये, अपने आप के साथ, परिवार के साथ, दोस्तों के साथ समय बितायें, समाज के लिए कुछ करें, देश के लिए कुछ करें। समस्याएं, दुःख और मृत्यु, ये जीवन के अभिन्न अंग है , जब तक जीवन है, ये हमेशा साथ हैं और रहेंगे। इसिलए ये आपको तय करना है कि आपको अपना जीवन, दुखों, समस्याँओ और मृत्यु के इंतज़ार पर केंद्रित करना है या जो भी ज़िन्दगी मिली है (बची है) उसे समस्याओं के समाधानों के साथ, ख़ुशी ख़ुशी बिताना है।

'जातस्य हि ध्रुवो मृत्युर्ध्रुवं जन्म मृतस्य च । तस्मादपरिहार्येऽर्थे न त्वं शोचितुमर्हसि ।।२७।।' ~श्रीमद् भगवद्गीता

।।2.27।। जन्मने वाले की मृत्यु निश्चित है और मरने वाले का जन्म निश्चित है; इसलिए जो अटल है और अपरिहार्य है, उसके विषय में तुमको शोक नहीं करना चाहिये।। ~श्रीमद् भगवद्गीता